KNAUR

Von Lauren Blakely ist bereits folgender Titel erschienen:
One Dream

Über die Autorin:
Die US-Amerikanerin Lauren Blakely ist eine Nr.-1-*New-York-Times*-Bestsellerautorin. Ihre Spezialität und Leidenschaft sind romantisch-heiße Liebesromane. Am liebsten erfindet sie ihre Geschichten beim Spazierengehen mit ihren Hunden. Sie lebt mit ihrer Familie in Kalifornien.

LAUREN BLAKELY

one Love

ROMAN

Aus dem Amerikanischen
von Kristina Frey

KNAUR

Die amerikanische Originalausgabe erschien 2016
unter dem Titel »The Only One«.

Besuchen Sie uns im Internet:
www.knaur.de

FSC
www.fsc.org
MIX
Papier aus verantwortungsvollen Quellen
FSC® C083411

Deutsche Erstausgabe September 2018
Knaur Taschenbuch

Covergestaltung: ZERO Werbeagentur, München
Coverabbildung: Maria Yakimova/Trevillion Images;
FinePic/shutterstock
Satz: Adobe InDesign im Verlag
Druck und Bindung: CPI books GmbH, Leck
ISBN 978-3-426-52351-3

2 4 5 3 1

Dieses Buch ist für Dena,
die mir geholfen hat,
das Herz der Geschichte zu finden.

PROLOG

Penny

Vor zehn Jahren

Meine Uhr verhöhnt mich.

Je weiter der Minutenzeiger sich auf die volle Stunde zubewegt, desto mehr zermartere ich mir das Hirn, ob ich mich in der Zeit geirrt habe. Es ist gleich schon acht. Haben wir vielleicht aneinander vorbeigeredet? Vielleicht hat er acht Uhr gesagt und nicht sechs? Oder vielleicht sind wir auch erst morgen Abend verabredet? Ich fingere am Armband meiner Uhr herum, während Enttäuschung mir die Kehle zuschnürt.

Doch spätestens als die Wasserfontänen des Springbrunnens am Lincoln Center im schwindenden Licht immer höher und höher steigen, muss ich einsehen, dass ich mich nicht einfach nur in der Zeit geirrt habe.

Hier gab es einen ganz anderen Irrtum.

Nämlich den, dass ich überhaupt angenommen hatte, er würde kommen.

Ich hole tief Luft und schaue entmutigt noch einmal auf das Ziffernblatt, dann hebe ich den Kopf und lasse suchend den Blick über die Menschenmenge schweifen, die am kreisrunden Wasserspiel vor Manhattans Kulturzentrum vorbeiflaniert. Ich seufze. Dieser Brunnen ist wirklich ein romantischer Ort. Genau deshalb hatten wir ihn uns ja auch ausgesucht.

»In einer Woche« – so lautete unsere Verabredung – wollten wir uns hier treffen.

Gegen alle Vernunft sucht mein Blick noch immer nach den bernsteinfarbenen Augen und den dunklen Locken, nach dem schlanken, großen Körper und dem schelmischen Grinsen, das mein Herz zum Schmelzen bringt. Noch immer versuche ich, aus der Vielzahl an Stimmen um mich herum die seine herauszuhören. Wünsche mir, dass sie sich über die anderen erhebt, meinen Namen ruft, sich mit diesem sexy Akzent für seine Verspätung entschuldigt.

Ahh, sein Akzent. Ein Akzent, der die Knie sämtlicher junger Frauen weich werden lässt. Genau wie meine bei unserem ersten Treffen. Als ich ihm letzten Monat am Ende meiner Europa-Rundreise in Barcelona begegnet bin, hat Gabriel mich regelrecht umgehauen.

Kurz schließe ich die Augen, fliege durch die Zeit zurück und höre seine göttliche Stimme, in der dieses gewisse Extra, dieser Hauch von Rauheit liegt. Die Erinnerung lässt einen ganzen Schwarm von Schmetterlingen in meinem Bauch aufstieben.

Schnell schlage ich die Augen wieder auf und versuche, die Bilder zu vertreiben. Ich sollte gehen. Es ist offensichtlich, dass er heute Abend nicht mehr kommt.

Aber nur für den Fall, dass ich mich doch in der Zeit vertan habe, gebe ich ihm noch eine weitere Minute. Überfliege noch einmal die Menschenmenge.

Lasse acht Uhr verstreichen.

Doch ich sehe ihn noch immer nicht.

Ich bin jetzt schon seit über zwei Stunden hier. In diesen zwei Stunden habe ich nichts anderes gemacht, als auf dem schwarzen Marmor des Brunnenrands zu sitzen und erst nach links, dann nach rechts zu spähen. Und im Kreis herumzulaufen wie ein Tier im Zoo, ganz nach dem Motto: *Armseliges Weibchen in Wartestellung. Männchen vermisst.*

Klar, hundertzwanzig und ein paar zerquetschte Minuten sind in Anbetracht eines ganzen Menschenlebens nicht viel Zeit, aber wenn die Person, auf die man wartet, nicht auftaucht, ziehen sie sich zu einer schmerzhaften Ewigkeit.

Wie ich wünschte, dass wir das Treffen für Mitternacht vereinbart hätten! Denn dann könnte ich mir eine Entschuldigung für ihn ausdenken, sein Fernbleiben rechtfertigen. Ich würde mich fragen, ob die gestrige Mitternacht gemeint war, nicht erst die heutige. Aber seine Worte waren leider vollkommen eindeutig: »Sechs Uhr abends, am Ersten des Monats, wenn die Abenddämmerung ihren romantischen Glanz über Manhattan legt.«

Er wollte wegen seiner neuen Stelle nach New York kommen. Ich hatte meinen Traumjob in dieser Stadt schon ergattert, bevor ich meine Europareise antrat. Es sah so aus, als hätte das Schicksal nur auf uns gewartet, als wir uns in Barcelona über den Weg liefen. Deswegen schmiedeten wir eifrig Pläne. Noch vor einer Woche tranken wir Sangria und tanzten auf den Pflastersteinen Barcelonas, direkt vor den Straßenmusikern, deren Stücke in einem die Sehnsucht wecken, jemandem nahe zu sein. Und er legte seine

Hand auf meine Wange und flüsterte: »Ich werde die Tage zählen, jede Stunde, jede Minute, bis die Uhr am Abend des ersten September sechs schlägt.«

Am Ende nahm er mich mit in sein Zimmer. In seinen braunen Augen lag so ein dunkler und verruchter Glanz. Ein Glanz, der mir verriet, wie sehr er mich wollte. Er überschüttete mich mit liebevollen Worten, während er mich in dieser letzten Nacht in Spanien auszog, jeden Zentimeter meiner Haut mit Küssen bedeckte und mich schwerelos machte.

Meine Penelope, schenk mir deinen Körper. Ich will dir eine Lust bereiten, wie du sie nur aus deinen Träumen kennst.

Eingebildeter Mistkerl.

Aber er hatte recht. Er hat all meine Träume wahr werden lassen.

Er liebte mich mit einer solchen Leidenschaft und Sinnlichkeit, dass mein verräterischer Körper sich noch immer an das Gefühl seiner Hände auf meiner Haut erinnert, an die Liebkosung seiner köstlichen Lippen, die brennend heiße Spuren hinterließen, wo immer sie mich berührten.

Ich streiche mit einer Hand über mein hübsches rotes Sommerkleid mit dem runden Ausschnitt und den kleinen weißen Punkten. Er liebte es, wenn ich etwas Rotes trug. In einer Nacht liefen wir an einer Boutique vorbei, in der es Kleider wie dieses gab. Er schloss mich von hinten in die Arme und hauchte einen sanften, sinnlichen Kuss auf meinen Nacken. Dabei wisperte er: »Du würdest unglaublich darin aussehen, meine Penelope. Und noch unglaublicher, wenn ich es dir ausziehe. Denn du brauchst kein Kleid, wenn du bei mir bist.«

Damals lief mir ein wohliger Schauer über den Rücken.

Heute durchzuckt mich nur noch Schmerz, als die Erinnerung vor meinen Augen in tausend Stücke zerspringt.

Ich wende mich endgültig vom Brunnen ab und fahre mir mit der Hand über die Wange. Die Enttäuschung, die ich im ersten Moment verspürt habe, als er nicht auftauchte, ist über die letzten zwei Stunden zu echter Verzweiflung angewachsen und hat tief in meiner Brust Wurzeln geschlagen.

Es besteht kein Zweifel. Meine dreitägige Liebesaffäre mit dem Mann, der mir unter dem sternenbesäten Himmel Spaniens süße Worte ins Ohr flüsterte und die Saiten meines Körpers wie ein Klaviervirtuose spielte, bekommt keinen zweiten Akt.

Gabriel weiß, wie er mich erreichen kann. Er hat meine E-Mail-Adresse.

Aber er hat sich dagegen entschieden.

Que sera, sera.

Ich weigere mich zu weinen.

Stattdessen gehe ich erhobenen Hauptes davon.

Am nächsten Tag weicht das Gefühl der Verzweiflung langsam, aber sicher tiefer Scham. Scham, ihm geglaubt zu haben. Dieses verdammte Kleid gekauft zu haben. Gehofft zu haben.

Als ich meinen Schrank öffne, könnte ich schwören, dass das rote Kleid mich auslacht. Aufgebracht schnaubend zerre ich es vom Haken und stopfe es in eine Einkaufstüte. Dann greife ich nach dem pinkfarbenen, das ich an jenem Tag anhatte, als wir uns kennenlernten. Und nach dem hellgelben Rock, den ich an unserem zweiten gemeinsamen Tag trug und in dem er mich so leicht verführte. Das blaue Seidentop folgt als Nächstes, wobei mich die Erinnerung an seine Reaktion, als er mich darin sah, mit ganzer Härte trifft.

Seine Augen hatten sich geweitet, und er hatte anerkennend aufgestöhnt. »Wunderschön …«

Dann küsste er die kleine Mulde unter meiner Kehle und zog mit brennenden Lippen eine sinnliche Spur den Hals hinauf bis hin zu meinem Ohr, während er im Flüsterton hinzufügte: »So wunderschön in Blau.«

Und ich schmolz dahin.

Ich habe alle seine süßen, schmeichelnden Worte geglaubt. Er hat viele, viele Dinge gesagt, die meine Haut in Brand setzten, mein Herz zum Klopfen brachten und eine feuchte Hitze zwischen meinen Beinen entfachten.

Sogar jetzt, während ich diese Kleider, die ich in seiner Gegenwart getragen habe, umklammere, kriege ich eine Gänsehaut. Ich kneife die Augen zu und sage mir, dass ich das alles vergessen muss. Alles.

Das ist der einzige Weg.

Ich verlasse meine Wohnung, laufe zehn Blocks stadteinwärts und spende die Tüte mit den Kleidern beim nächstgelegenen Secondhandshop.

Als ich wieder nach Hause komme, klappe ich meinen Laptop auf und suche den Ordner mit den Bildern, die ich von uns gemacht habe. Ich bin versucht, mir einen Becher Ben & Jerry's zu holen und auf den Fotos mit den Fingerspitzen über sein Gesicht zu fahren. Dann würde ich am liebsten Skype herunterladen, seine Nummer in Europa wählen und ihn fragen, warum zum Teufel er nicht aufgetaucht ist.

Aber so kann ich nicht reagieren. Ich fange morgen meinen ersten Job an. Ich muss mich verantwortungsvoll benehmen. Erwachsen. Nicht wie die klammernde Einundzwanzigjährige, die nicht damit klarkommt, versetzt worden zu sein.

Ich bin Penelope Jones, und ich werde mit allem fertig.

Und deswegen verschiebe ich den gesamten Ordner in den Papierkorb. Dann rufe ich seine Kontaktdaten auf: seine E-Mail-Adresse, seine dumme spanische Telefonnummer. Schiebe all das ebenfalls in den Papierkorb. Einige endlose Sekunden lang verharrt mein Finger über dem *Papierkorb leeren*-Symbol.

Aber bei der Erinnerung, wie allein ich mich gestern Abend am Lincoln Center gefühlt habe, durchbohre ich das Symbol fast mit dem Finger.

Lasse ihn los.

Ein sauberer Schnitt.

Während der nächsten zehn Jahre gebe ich mir alle Mühe, nie wieder an ihn zu denken.

Bis ich auf einmal wieder vor ihm stehe.

KAPITEL EINS

Penny

Gegenwart

Shortcake springt ohne Leine vor mir die Treppe hinauf. Als ihre weiß besockten Pfötchen den obersten Absatz erreichen, dreht sie sich schwanzwedelnd um. Meine kleine karamellfarbene Chihuahua-Mischlingshündin sieht von oben auf mich herab und zeigt mir beim Hecheln ihre pinke Zunge.

»Angeberin«, sage ich zu ihr.

Daraufhin zuckt ihre weiße Schwanzspitze noch ein bisschen schneller, was ich zum Anlass nehme, die restlichen Stufen hinaufzusprinten, auch wenn mein Herz von unserem morgendlichen Lauf durch den Central Park noch immer heftig schlägt. Letzten Sommer, als ich Shortcake von Little Friends, der Auffangstation für Hunde, die ich leite, mit nach Hause genommen habe – sie hatte darauf bestanden, mir zu gehören, und mich von der Sekunde ihrer Ankunft mit feuchten Küssen verfolgt –, hätte ich niemals gedacht, dass sie ebenfalls einfordern würde, mich beim Joggen zu begleiten. Aber sie ist ein flinkes kleines Wesen, sieben Pfund pure Energie. Wir trainieren momentan für den Hund-und-Herrchen-Lauf, der beim »Picknick im Park« stattfinden wird – einem Event, bei dem Spendengelder für eine Vereinigung örtlicher Tierheime für Hunde gesammelt werden.

Als ich im vierten Stock ankomme, wuselt Shortcake voran zur Tür des kleinen Einzimmerapartments westlich des Central Parks, das wir gemeinsam bewohnen. Es gehört uns ganz allein, und es ist nicht weit zur Arbeit, deswegen sind wir wunschlos glücklich.

Mit der Leine in der Hand schließe ich die Tür auf und betrete mein Zuhause. Meine Oase in Manhattan. Die Wände sind lavendelfarben und zartgelb gestrichen, seit meine Freundin Delaney und ich an einem langen Wochenende die ganze Wohnung in ein Paradies in Pastell verwandelt haben. Ich bin normalerweise nicht so der Pastell-Typ, aber hier wirken die Farben entspannend auf mich. Sie machen mich glücklich.

Und ich bin gern glücklich. Verrückt, ich weiß.

Ich fülle Shortcakes Wassernapf auf, und sie schlabbert ihn fast komplett leer, bevor sie sich bäuchlings auf den kühlen Küchenfußboden fallen lässt und alle viere von sich streckt.

»Keine falsche Scheu, häng ruhig den ganzen Tag hier ab«, kommentiere ich ihr Verhalten und sehe sie auffordernd an.

Doch sie rollt sich nur träge auf die Seite.

»Ich bin überhaupt nicht eifersüchtig auf deinen Lebenswandel«, sage ich seufzend, ziehe meine Sportklamotten aus und verschwinde schnell zum Duschen im Bad.

Als ich fertig bin, greife ich nach meinem Handy. Rasch checke ich meine Termine, während ich mein dunkelbraunes Haar föhne. Normalerweise arbeite ich den Tag über im Tierheim mit den Hunden und den Freiwilligen oder bin unterwegs zum Flughafen, um Hunde aus anderen Bundesstaaten in Empfang zu nehmen, die hier ein Zuhause finden wollen. Aber heute muss ich mich schick machen und mein hübschestes Werbegesicht aufsetzen. Meine Assistentin Lacey hat diese Woche nämlich Meetings mit Restaurantbesitzern für mich vereinbart, um eine Lösung für das Catering beim anstehenden Picknick im Park-Event zu finden. Wir stecken ziemlich in der Klemme, denn das Restaurant, das ursprünglich für das Catering eingeplant war, hat in letzter Minute abgesagt. Man könnte meinen, in einer Stadt wie New York, wo es an jeder Ecke Restaurants und Imbisse gibt, sei es einfach, einen willigen Gastronomen zu finden. Aber wenn die Veranstaltung schon in zwei Wochen stattfindet, schränkt das die Optionen erstaunlich ein. Während der letzten Tage habe ich mich durch die gesamte Stadt telefoniert, aber einen Caterer, der sowohl an diesem Tag Zeit hat als auch zur Veranstaltung passt, habe ich bisher nicht gefunden.

Und so geht die Suche nach dem Heiligen Gral weiter. Zum Glück hat Lacey noch einmal vier Restaurants aufgetrieben, die am Tag des Events freie Kapazitäten haben. Ich öffne ihre E-Mail und stecke mir währenddessen mit einer Spange die Haare hoch.

Als Erstes steht Dominic Ravini auf der Kandidatenliste, Inhaber eines italienischen Ladens, der für seine »himmlischen« Spaghetti bekannt ist. Laceys Bemühungen in allen Ehren, aber ich glaube leider nicht, dass Spaghetti das Richtige für ein Picknick im Park sind, es sei denn, wir ändern das Motto zu *Susi und Strolch*.

Ich werfe Shortcake einen Blick zu. »Mit dir würde ich mir natürlich jederzeit einen Teller Spaghetti teilen«, versichere ich ihr, während ich einen Hauch Rouge auftrage. Sie klopft mit dem Schwanz auf den Boden. Heißt wohl übersetzt so viel wie *Ja, bring mir doch Pasta zum Abendessen mit. Mit Fleischbällchen natürlich.*

Der nächste Kandidat ist einer, der Burritos verkauft. Ich starre fragend auf Laceys E-Mail. Auch wenn sie mir versichert, er habe einen wirklich erstklassigen Laden – Burritos scheinen mir auch nicht unbedingt die beste Wahl zu sein. Ich muss ein Restaurant finden, das nicht nur zum Thema »Picknick im Park« passt, sondern auch genau den Grad zwischen Klasse und Ungezwungenheit trifft, der die Gäste in Spendenlaune versetzt.

Aus ebendiesem Grund mache ich mir auch keine großen Hoffnungen hinsichtlich des indischen Restaurants, das Lacey als Drittes auf die Liste gesetzt hat. Ich persönlich liebe ja Chana Masala, bin aber der Meinung, es schreit nicht gerade danach, auf Papptellern in einem Park serviert zu werden.

Mit einer Hand in dem Make-up-Täschchen kramend, scrolle ich bis zum Ende von Laceys E-Mail.

Das letzte Restaurant, das noch freie Kapazitäten für uns hätte, heißt Gabriel's.

Ich zucke zusammen, als ich den Namen lese, und schnappe unwillkürlich nach Luft.

Dieser Name.

Ich erstarre, die Mascarabürste in der einen Hand, das Handy in der anderen. Sogar jetzt noch, Jahre nach meinem radikalen Versuch, diesen Mann aus meiner Erinnerung zu verbannen.

Ich bin natürlich mit anderen Männern ausgegangen, nachdem das mit uns nichts wurde. Hatte sogar ein paar ernsthafte Beziehungen. Aber irgendetwas an diesem Mann hat mich nie losgelassen. Vielleicht ist es der Fluch, den besten Sex meines Lebens schon mit einundzwanzig erlebt zu haben. Damals dachte ich, mit Gabriel sei es so großartig gewesen, weil ich eben noch nichts anderes kannte. Heute weiß ich, dass mit ihm zu schlafen so überwältigend war, weil … es einfach *überwältigend* war, mit ihm zu schlafen.

Jene drei Nächte in Spanien waren so voller Magie, so leidenschaftlich und voller Lust … Ich habe mich ja wirklich bemüht, ihn zu vergessen, aber er geistert noch immer in den Ecken meiner Erinnerung herum.

Ich lege die Mascara zur Seite, hole tief Luft und sage mir, dass es nur ein Name ist. Es ist reiner Zufall, dass das Restaurant auf meiner Liste diesen Namen trägt.

Aber … Gabriel war Koch. Er arbeitete in jenem Sommer als Aushilfskoch in einem kleinen Bistro in Barcelona und hatte vor, nach Manhattan zu ziehen, um dort einen neuen Job anzunehmen.

Ich lege eine Hand an die Stirn, während mich eine Welle der Panik überkommt. Was, wenn er die ganze Zeit über hier war? Was, wenn er nach New York gekommen ist und mich einfach nicht sehen wollte? Was, wenn er verheiratet war, als wir uns getroffen haben? Was, wenn er nach Hause zu seiner Frau gefahren ist oder seiner Freundin?

Vor zehn Jahren habe ich mich dazu gezwungen, dieses *Was wenn*-Spiel sein zu lassen. Ich habe ihn aus meinem Gedächtnis verbannt und mich geweigert, noch länger über ihn oder all die möglichen Gründe, aus denen er mich verlassen haben könnte, nachzudenken.

Aber jetzt muss ich wissen, ob dieser Gabriel *mein* Gabriel ist.

Als ich den Restaurantnamen bei Google eingebe und den Treffer anklicke, stöhne ich auf.

In dem Versuch, meine zitternden Finger zu beruhigen, schließe ich kurz die Augen.

Er ist hier. Er ist in Manhattan. Nach einem Jahrzehnt werde ich dem Mann gegenüberstehen, dem ich damals mein Herz und meine Jungfräulichkeit geschenkt habe.

Wie betäubt lege ich das Handy zur Seite, hebe Shortcake hoch und drücke sie fest an mich. »Kann ich nicht einfach Lacey zu dem Termin schicken?«

Als Antwort leckt Shortcake mir einmal quer über die Wange.

»Heißt das Ja, meine Liebe? Du hast recht. Wir machen uns heute lieber einen schönen Tag und schieben die Arbeit auf Lacey ab, oder?«

Diesmal fällt der Kuss noch feuchter aus.

»Meistens bin ich ja vollkommen zufrieden mit der Tatsache, dass du nicht reden kannst«, seufze ich. »Aber heute wünschte ich, es wäre anders.«

Die bloße Möglichkeit, Gabriel wiederzusehen, löst einen wahren Sturm verwirrender Emotionen in mir aus. Wie soll ich mit diesem Treffen umgehen? Was soll ich ihm denn sagen? Ich weiß es einfach nicht. Das Einzige, was ich mit Sicherheit weiß, ist, dass ich *jetzt* mit jemandem reden muss, der auch antwortet. Also wähle ich die Nummer meiner Freundin Delaney und laufe nervös in meinem kleinen Wohnzimmer auf und ab.

»Hi!«, ruft sie über den Lärm einer Baustelle im Hintergrund hinweg. »Falls du mich nicht hören kannst, liegt das an dem verdammten Presslufthammer, mit dem sie sich hier einen Block von meinem Spa entfernt vergnügen. Ist einem Tag der Ruhe und Entspannung absolut zuträglich.«

Ich lache. »Lass mich raten: Du bist gerade auf dem Weg zur Arbeit.«

»Richtig«, antwortet sie, und ihre sonst so angenehme Stimme dröhnt dermaßen aus dem Lautsprecher, dass ich das Handy ein paar Zentimeter vom Ohr weghalten muss.

»Wo wir gerade beim Rätselraten sind, willst du wissen, wessen Name ich gerade eben in meinem Terminkalender entdeckt habe – für ein Treffen, das heute noch stattfinden soll? «

»Tom Hardy? Robert Pattinson? Jamie Dornan?«

»Nein, Henry Cavill«, sage ich, weil es ihr Lieblingsschauspieler ist. »Aber im Ernst, ich habe heute ein Meeting mit …« Ich halte inne, weil ich noch immer kaum glauben kann, was ich gleich sagen werde. »… mit meinem *sexy Geheimagenten.*« Das war der Spitzname, den wir Gabriel vor Jahren mal bei einer Flasche Cabernet verliehen hatten.

Sie keucht so laut auf, dass ich es trotz des Krachs höre. »Was? Echt jetzt?«

Ich nicke, obwohl sie das nicht sehen kann. »Allerdings.«

»Okay, warte«, sagt sie, und zehn Sekunden später verstummt der Hintergrundlärm, und es wird herrlich still. »Ich stehe beim Geldautomat in der Bank auf dem Weg zur Arbeit. Meine erste Massage ist in zehn Minuten, also schieß los.«

Nach nur zehn Sekunden habe ich ihr alles erzählt, was ich weiß. »Was mache ich denn jetzt? Gehe ich hin? Soll ich Lacey schicken? Lasse ich ihn einfach … *sitzen?*«

Aber schon während ich das letzte Wort ausspreche, weiß ich, dass ich das nicht tun werde. Ich bin schließlich selbst schon sitzen gelassen worden! Ich werde diesen Termin nicht platzen lassen.

»Keine Frage«, antwortet sie bestimmt. »Du gehst hin.«

Es aus Delaneys Mund zu hören, ist noch mal was anderes, als es nur zu denken …

Mein Magen zieht sich zusammen, und ich muss mich mit einer Hand an der Wand abstützen. »Bist du dir sicher, dass du nicht sagen wolltest, ich soll lieber im Tierheim bleiben, damit Lacey endlich mehr Verantwortung übernehmen und sich um unser Charity-Event kümmern kann?«

Delaney lacht auf. »Ich bin mir ganz sicher, dass ich das nicht sagen wollte. Schließlich ist es doch wirklich deine Aufgabe, oder etwa nicht?«

Laut seufzend bestätige ich es. Zu kneifen ist eigentlich ohnehin nicht meine Art. Das hier ist *mein* Event und *meine* Verantwortung. Das kann ich nicht einfach auf meine Assistentin abwälzen, die zudem noch mitten in der Einarbeitung steckt. Und nachdem der ursprüngliche Caterer abgesagt hat, muss ich jetzt erst mal dafür sorgen, dass unser Picknick im Park überhaupt stattfindet. Da kann ich den Schwarzen Peter nicht einfach weitergeben.

»Okay, du hast recht«, gebe ich resigniert zu. »Also, wie soll ich das anstellen? Ich habe keine Ahnung, wie ich dieses Restaurant betreten und so wirken soll, als hätte es mich nicht völlig vernichtet, dass er damals nicht am Lincoln Center aufgetaucht ist.«

»Das ist ganz einfach«, sagt Delaney in selbstsicherem Tonfall.

»Inwiefern ist das bitte einfach? «

»Weil du nicht mehr dieselbe Person bist. Du bist nicht mehr die liebeskranke Einundzwanzigjährige, die gerade ihren Eltern zuliebe einen Job angenommen hat, der ihr eigentlich gar nicht gefällt.«

»Du hast recht«, erwidere ich, und ein Teil ihrer Selbstsicherheit färbt auf mich ab.

Ich habe mich wirklich verändert. Auf meiner Spanienreise nach dem College war ich mir *fast* sicher, dass ich als Wall-Street-Analystin arbeiten wollte. Aber ein kleiner Teil von mir fand diesen Job schon schrecklich, noch bevor ich ihn überhaupt angetreten hatte. Deshalb habe ich dann auch nach sechs Monaten gekündigt. Lustigerweise war ich nicht die Einzige, die Smith & Holloway zu dieser Zeit verlassen hat. Über das Jahr hinweg wurden Kündigungen bei der Bank schon fast zum Running Gag. Erst die Rezeptionistin, dann der Personalleiter und dann ich.

»Und meinen jetzigen Job liebe ich«, stelle ich entschlossen fest. »Und deshalb muss ich mich auch mit ihm treffen. Ich meine, wen interessiert schon dieser Typ? Das Event ist wichtiger als seine dumme Entscheidung, mich zu versetzen.«

»Ganz genau. Außerdem bist du eine Frau, die kein Mann mit halbwegs akzeptablem Geisteszustand jemals sitzen lassen sollte. Also bring ihn dazu, seine Entscheidung zu bereuen, und zwar so richtig.«

»Deine Sichtweise gefällt mir«, sage ich und spüre, wie meine Stärke wächst.

»Lass deine Haare offen, zeig ihm dein neues sexy Tattoo und zieh irgendwas Umwerfendes an. Blau steht dir super.«

Ich lache. »Das hat er auch immer gesagt.«

»Na also. Nimm dieses blaue schulterfreie Top. Das saphirfarbene. Am besten zu Jeans. Frauen denken ja immer, sie müssten ihre nackten Beine zeigen, um attraktiv zu sein, aber ein gut sitzendes Paar skinny Jeans mit High

Heels sind heißer als ein Rock. Und dann gehst du hoch erhobenen Hauptes da rein, als sei es dir vollkommen egal, dass er dir mal das Herz gebrochen hat.«

Ein Grinsen breitet sich auf meinem Gesicht aus. »Perfekt. Das genaue Gegenteil zu meinem Stil von damals.« Mit Anfang zwanzig hatte ich nur kurze Sommerkleidchen und süße Röcke im Kleiderschrank – jung und unschuldig eben.

Heute ist es an der Zeit, die Frau zu zeigen, die ich bin.

Ich beende das Gespräch mit Delaney, öffne meinen Schrank und überlege. Schließlich will ich so verdammt umwerfend aussehen, dass ihm der Mund offen stehen bleibt, er auf die Knie fällt und mich anfleht, ihm seinen Fehler von damals zu verzeihen. Ich will, dass er mir gesteht, es sei kein einziger Tag vergangen, an dem er nicht an mich gedacht hat.

Oder um es noch klarer zu sagen: Ich wünsche Gabriel, dass er mit jeder Faser seines Wesens bereut, mich an jenem Tag, an dem unsere Urlaubsliebe die romantischste Fortsetzung aller Zeiten hätte erfahren sollen, allein gelassen zu haben.

Nachdem ich meine Lieblingsjeans angezogen habe, zupfe ich mein Top so zurecht, dass man das Lilientattoo auf meinem Schulterblatt sehen kann. Dann schlüpfe ich in ein Paar Ballerinas, greife nach meinen besten schwarzen High Heels und werfe sie in meine Tasche. Kein Grund, sich mit Zehn-Zentimeter-Absätzen zu quälen, bis ich am Ort des Geschehens angekommen bin.

Auf dem Weg zu meinem ersten Termin ziehe ich das Handy aus der Tasche und lese nach, was ich zum Thema Gabriel Mathias in den letzten Jahren alles verpasst habe.

Da ich die Restaurantszene nicht verfolge, hatte ich keine Ahnung, dass er hier einen Laden eröffnet hat. Wie sich herausstellt, ist er mittlerweile zu einer Art Küchen-Rockstar aufgestiegen, der vor Kurzem eine beliebte Reality-TV-Kochshow gewonnen und den Moment des Ruhms genutzt hat, um sein erstes Restaurant in Manhattan zu eröffnen. Es ist das Aushängeschild eines größeren Unternehmens unter seiner Leitung, das Küchenutensilien und Kochbücher und so weiter verkauft.

Schau einer an. Der Aushilfskoch mit der Eins-a-Paella ist vom Tellerwäscher zum Millionär aufgestiegen.

Entschlossen beiße ich die Zähne zusammen, als ich das erste Foto von ihm anklicke.

Er sieht immer noch atemberaubend aus. Nein, ich korrigiere. Er sieht noch atemberaubender aus.

Dieser Scheißkerl.

Aber ich werde mich nicht von seinem Aussehen beeindrucken lassen. Sein hübsches Gesicht kriegt mich nicht rum. Ich bin stark, ich bin zäh, und ich bin clever. Und das heißt, ich werde mich auf das Treffen mit ihm verdammt gut vorbereiten.

Auf dem Weg die Eighth Avenue hinunter stoße ich auf einen Ausschnitt seiner Show auf YouTube. Ich stöpsele mir die Kopfhörer in die Ohren, drücke auf Play und wappne mich.

Hör einfach nicht auf seinen sexy Akzent. Und guck bloß nicht auf seine heißen Lippen.

Angestrengt gebe ich mein Bestes, ihn so unbeteiligt zu betrachten wie eine Testperson im Versuchslabor. Irgendein Moderator oder Produzent stellt ihm aus dem Off eine Frage: »Du hast heute Abend den Appetizer-Battle verloren. Glaubst du, das wirkt sich auf deine Chance auf den Gesamtsieg aus?«

»Es macht es auf jeden Fall schwieriger«, antwortet er mit dieser warmen, attraktiven Stimme, die ich so geliebt habe. »Aber ich bin bereit für die Challenge. Ich muss einfach im Hauptgangs-Match härter kämpfen.«

Verächtlich schnaubend laufe ich den Gehweg entlang. Was lassen sich diese Reality-Genies als Nächstes einfallen? Das Dessert-Derby? Den Salat-Showdown?

»Wie war es für dich, gegen Angelique zu verlieren, obwohl du doch als Meister der Appetizer bekannt bist?«

Gabriel holt tief Luft, seine Brust hebt und senkt sich. Dann verzieht sich sein Mund zu einem Lächeln. »Ich war ziemlich sauer auf mich selbst, aber doch nicht so frustriert, dass ich am liebsten mein Telefon an die Wand geworfen hätte.«

Hinter der Kamera ertönt ein Lachen, und ich stelle mir vor, wie sich die Produzenten hektisch zueinander beugen und überlegen, wie sie ihn dazu bringen, wegen eines zusammengefallenen Flans oder missratenen Risottos sein Handy in die Ecke zu pfeffern.

Der Bildschirm wird kurz schwarz, und der Videoausschnitt springt zum Ende der Staffel, als der Moderator Gabriels Faust hoch in die Luft reckte. Offenbar hat er die Challenge am Ende gewonnen – und sein Telefon hat überlebt.

An einem Zebrastreifen bleibe ich stehen und kehre zu meiner ursprünglichen Suche zurück. Meine Augen weiten sich, als ich weiterklicke und die Artikel über seinen offiziellen Sieg der Kochshow sehe. All die Namen, die die Presse ihm verliehen hat!

Sexiest Chef alive.

Der Schöne mit den scharfen Messern.

Herzensbrecher in der Küche.

Fast jeder Artikel enthält gleich mehrere Fotos von ihm, und ich betrachte die ersten paar. Dann klicke ich das nächste Set an. Und noch ein weiteres. Und dann steigt Wut in mir auf. Ich könnte kotzen.

Auf jedem einzelnen Bild hat der *Chef du Jour* eine andere Frau im Arm!

Das ist also die Antwort auf die Frage, warum er damals nicht aufgetaucht ist: Gabriel ist ein Bad Boy. Ein Frauenheld. Ein Kerl, der jeden Abend ein neues Häschen braucht.

Auf dem Weg zu meinem Termin mit dem italienischen Koch hoffe ich mit aller Macht, dass dieser Mann etwas noch nie Dagewesenes mit Spaghetti anstellen kann, damit mir die weiteren Termine erspart bleiben.

Er kann es nicht.

Beim zweiten Termin stellt sich heraus, dass der Typ mit den Burritos mittlerweile für ein anderes Event gebucht wurde.

Und der Manager des indischen Restaurants erzählt mir wiederum eine Stunde später, es sei das erste Mal, dass er für ein Event angefragt wird, und seine Obergrenze läge bei fünfzig Personen. Wir erwarten aber mehr als dreihundert! Lächelnd bedanke ich mich bei ihm und seufze schwer, als ich nach Greenwich Village aufbreche, um dort den Mann zu treffen, der einst mein Herz im Sturm erobert hat.

Kurz bevor ich aus der Bahn steige, wechsle ich die Schuhe und ziehe mein Top noch ein Stück herunter, um ein bisschen mehr Schulter zu zeigen als gewöhnlich. Gabriel hat es *geliebt*, mich dort zu küssen. Vor zehn Jahren hatte ich noch kein Tattoo – im Gegensatz zu ihm. Mittlerweile habe ich drei, einschließlich der Lilie auf meiner Schulter. Und ich will, dass er sie sieht und ihm die Kinnlade runterfällt.

Auf dem Weg aus der U-Bahn-Station poliere ich meinen Lipgloss auf, überprüfe mein Spiegelbild in einem Schaufenster und mache mich dann auf den Weg zum Gabriel's in der Christopher Street. Mein Herz schlägt doppelt so schnell wie sonst.

Auf den ersten Blick gefällt mir das an einer Kreuzung gelegene Restaurant mit der Backstein-Fassade besser, als mir lieb ist. Der Laden wirkt cool, hip und sexy, und das Holzschild über der Tür verströmt genau den richtigen Hauch von altmodischem Charme.

Trotzdem kneife ich missmutig die Augen zusammen und würde im Eingangsbereich am liebsten Feuer speien. Wahrscheinlich verzaubert er da drinnen jeden einzelnen weiblichen Gast mit seinem Witz, einem sexy Lachen und seinem verdammten Nachtisch.

Und dann nimmt er sie mit ins Bett und verwöhnt sie mit der Zunge …

Stopp. Hör sofort damit auf.

Die Hände zu Fäusten geballt, hole ich tief Luft und halte einen Moment lang inne, um mir in Erinnerung zu rufen, dass ich geschäftlich hier bin. Für unsere Hunde. Das hier ist meine Chance, eine Menge Geld für einen Zweck zu sammeln, der mir wirklich sehr am Herzen liegt.

Die Empfangsdame begrüßt mich, und ich informiere sie, dass ich einen Termin mit Gabriel habe. Im selben Moment hofft ein Teil von mir, dass er einen Schmerbauch bekommen, bei einer Kneipenschlägerei einen Zahn verloren hat oder ihm wenigstens die Haare ausgehen …

Aber als er kurz darauf mit großen Schritten auf die Tür zukommt, an der ich warte, verstehe ich zum ersten Mal, was das Wort *atemberaubend* wirklich bedeutet.

Ich bekomme schlagartig keine Luft mehr.

Denn der gut aussehende Mittzwanziger, dem ich vor einem Jahrzehnt meine Jungfräulichkeit geschenkt habe, ist nichts gegen den Mann, der jetzt vor mir steht.

Er ist so schön, dass es wehtut. Seine bernsteinfarbenen Augen leuchten, und obwohl es kaum möglich scheint, ist er mit dem mittlerweile schulterlangen Haar, das seine markanten Wangenknochen betont, sogar noch attraktiver als früher. Meine Finger sehnen sich danach, diese dunklen Strähnen zu berühren, und mir wird ganz heiß, als ich mir unweigerlich vorstelle, wie er sich über mir bewegt.

Mit aller Mühe versuche ich, mich auf das Hier und Jetzt zu konzentrieren, aber das Hier und Jetzt lässt mein Herz vor Verlangen schneller schlagen. Alles an ihm strahlt Selbstvertrauen aus, Charme und Sex-Appeal, sogar seine lässige Art, sich zu kleiden. Er trägt schwarze Jeans, Schnürstiefel und ein verwaschenes T-Shirt, das seine schlanken, durchtrainierten und tätowierten Arme betont. Ein paar Tattoos hatte er schon vor zehn Jahren – jetzt sind beide Arme beinahe vollständig bedeckt, und es ist wahrlich ein einzigartiges Kunstwerk. Und unglaublich verführerisch.

Er streckt eine Hand aus und schenkt mir ein Lächeln, das sofort den Wunsch in mir weckt, den Kragen seines T-Shirts zu packen, ihn an mich zu ziehen und zu hauchen: *Küss mich, wie du es vor so vielen Nächten getan hast.*

Stattdessen lasse ich stumm zu, dass er meine Hand ergreift und mit den Lippen sanft meinen Handrücken berührt. Mir wird ein wenig schwindelig, doch als er anfängt zu sprechen, macht seine Stimme alles nur *noch* schlimmer. Er ist halb Franzose, halb Brasilianer, und ich weiß nicht, welcher Seite er seinen Akzent verdankt. Im Prinzip ist es mir auch egal, denn die Mischung ist auf jeden Fall hinreißend. »Ich habe mich schon darauf gefreut, dich zu treffen, Penny.«

O Gott. Er freut sich, mich zu sehen.

Mein verräterisches Herz führt bei diesen Worten einen Tanz auf.

In dem hilflosen Versuch, die Regionen meines Gehirns einzuschalten, die für das Sprechen zuständig sind, öffne ich die Lippen. Mühsam schlucke ich, denn mein Mund ist plötzlich so trocken wie die Sahara.

Es kostet mich übermenschliche Anstrengung, ein heiseres »Hallo« herauszupressen.

So viel also dazu, cool zu bleiben.

»Sollen wir uns setzen?«, fragt er, und seine Stimme ist genauso sinnlich wie in jenem Sommer.

Ja, das sollen wir. Und dann sag mir, dass es dir leidtut. Sag, dass du in einer eingestürzten Höhle festgesessen hast, dass Spione dein Telefon geklaut haben, dass man dir den Job des Jahrhunderts in Nepal angeboten hat und du es nicht ertragen hättest, mich wiederzusehen, weil du ihn dann nie hättest annehmen können. Du hattest einfach keine Wahl. Mich wiederzusehen hätte es schließlich unmöglich gemacht, mir zu widerstehen.

Denn so ähnlich würde es wohl klingen, wenn er die Entscheidung, mich zu verlassen, tatsächlich bereuen würde.

Stattdessen schenkt er mir ein weiteres bezauberndes Lächeln und fährt fort: »Schön, dass du vorbeigekommen bist. Ich möchte gern alles über deine Charity-Arbeit erfahren, und dann schauen wir mal, was wir für dein Event auf die Beine stellen können. Mein Business-Manager glaubt, die Partnerschaft könnte für uns beide von Vorteil sein.«

Da das Mittagsgeschäft noch nicht begonnen hat, ist im Restaurant momentan noch nicht viel los, und er zeigt mit einer Handbewegung auf eine Sitznische. Ich nehme Platz, und geschmeidig lässt er sich auf den Stuhl mir gegenüber gleiten.

Little Friends und die Hunde sind zum Glück ein Thema, über das ich immer reden kann. Aber die Art und Weise, wie er mit mir spricht, kommt mir irgendwie seltsam vor. So distanziert. Und mitten in meiner Erzählung fällt es mir plötzlich wie Schuppen von den Augen.

Gabriel weiß überhaupt nicht, wer ich bin. Und ganz ehrlich, so sehr habe ich mich in zehn Jahren nun auch nicht verändert.

Das kann nur eines bedeuten … er erinnert sich nicht mehr an mich.

KAPITEL ZWEI

Gabriel

Das Gefühl des Déjà-vu lässt mich auf dem ganzen Weg in die Küche, wo ich den vorbereiteten Probierteller für sie holen will, nicht mehr los. Woher kenne ich diese Frau? Das Gefühl ist so stark, dass ich die Antwort fast schon spüren kann.

Mit geschlossenen Augen presse ich meine Handflächen auf die kühle Stahltheke und lasse meinen Geist in der Zeit zurückwandern. Ein wunderschönes Gesicht blitzt vor meinem inneren Auge auf. Penelope, meine Penelope. Zum tausendsten Mal wünschte ich, ich hätte Bilder von ihr. Sie hatte viele gemacht und wollte sie mir schicken, aber ich habe nie wieder von ihr gehört.

Kopfschüttelnd öffne ich die Augen. Ganz sicher ist die Frau in der Sitzecke dort drüben nicht meine Penelope. Dann hätte sie doch etwas gesagt. Sie hat ja noch nicht einmal denselben Namen. Penny – die Frau, die ich einst kannte, hatte geschworen, sie würde sich niemals so nennen. »Penny passt einfach nicht zu einer Wall-Street-Analystin. Penelope schon.« Das waren ihre Worte.

Aber das ist zehn Jahre her. Vielleicht hat sie ihre Meinung geändert. Mittlerweile könnte sie sich sehr wohl Penny nennen.

Aber Penny – die Frau, die dort am Tisch sitzt – ist keine Wall-Street-Analystin.

Ich schnappe mir den blau-weiß gemusterten Servierteller und kehre in die Nische zurück. Mit einer eleganten Verbeugung präsentiere ich ihn Penny – der Frau, die ein Tierheim leitet und *keine* Börsenreports schreibt. »Zum Probieren habe ich ein kleines Sandwich vorbereitet, eine Spezialrezeptur des Hauses.«

Ihre Augenlider flattern. »Extra für mich?«

Ich lächle sie an. »Natürlich für dich. Ich will mein Können sozusagen direkt erfahrbar machen«, sage ich mit einem nonchalanten Grinsen. Als ich sehe, wie sie rot wird – die Farbe auf ihren Wangen macht sie sogar noch hübscher –, füge ich schnell hinzu: »Auf rein kulinarischer Ebene, versteht sich.«

Schnell senkt sie den Blick auf den Teller und betrachtet das Mini-Sandwich. »Optisch macht es auf jeden Fall was her.«

»Und es schmeckt fantastisch«, sage ich und lehne mich zurück. Was das Kochen angeht, mangelt es mir nicht an Selbstvertrauen. Und trotzdem will ich, dass sie sich auf den ersten Bissen verliebt. »Es ist die Variation eines Bauru, eines traditionellen Brasilianischen Sandwiches. Weißbrot, Roastbeef, Essiggurken, aber mit ein paar neuen Zutaten, die dem Ganzen einen besonderen Pfiff verleihen.«

Sie nimmt das Brot in die Hand und beißt ein kleines Stück ab. Ihre Augen leuchten auf, während sie kaut, und ich kann mir nicht helfen – es ist einfach sexy, ihr beim Essen zuzusehen. Viel sinnlichere Dinge kann ich mir nicht vorstellen als eine schöne Frau, die genießt, was ich für sie zubereitet habe. Und mit ihrem langen, glänzenden Haar, diesen faszinierenden Augen und den vollen Lippen, die wie zum Küssen gemacht sind, ist Penny wirklich eine außergewöhnlich schöne Frau.

Während sie isst, studiere ich jeden ihrer Züge. Wieder regt sich in mir dieses bohrende Gefühl, diese leise Stimme, die mir sagt, dass ich sie kenne.

In meinen Gedanken flackert erneut das Gesicht aus vergangenen Zeiten auf. Pennys Haar fließt in sanften Wellen über ihre Schulter und lockt sich an den Spitzen. Aber es ist dunkler als das Haar der Frau in meiner Erinnerung und so viel länger. Haare verändern sich, ich weiß. Aber trotzdem, sie sieht damit anders aus. Verzweifelt versuche ich, die beiden Gesichter miteinander zu vereinen und mir einen Reim auf die Bilder vor meinem inneren Auge zu machen. Die Frau aus meiner Erinnerung – die ich vor Jahren aus meinem Gedächtnis verbannen musste – war so jung, so jugendlich-frisch, mit hellerem, kinnlangem Haar und einem unschuldigen Lächeln, das mir den Boden unter den Füßen weggezogen hat. Die Frau hier vor mir ist … reifer, erfahrener. Aber sie hat mich schon in dem Augenblick, als sie mein Restaurant betrat, in Bann geschlagen.

Ich habe ihren Nachnamen nicht mitbekommen, als mein Business-Manager diesen Termin vereinbarte. Nur Penny. Aber sie erinnert mich wirklich sehr an die Frau, die ich in Spanien getroffen und mit der ich die besten drei Nächte meines Lebens verbracht habe.

Wenn sie es wirklich ist, warum hat sie dann nichts gesagt? Vielleicht weil Penny eben nicht Penelope ist. Sie arbeiten noch nicht einmal in derselben Branche. Bankwesen und Wohltätigkeitsarbeit haben nicht gerade sehr viel gemeinsam.

Mit einem zustimmenden Nicken schluckt sie den Bissen hinunter, dann zeigt sie auf den Rest des Sandwiches.

»Das schmeckt absolut unglaublich. Ich könnte es bestimmt jeden Tag essen, ohne dass es mir zu viel wird.«

Strahlend nehme ich ihr Lob entgegen, während ich noch immer versuche, das Rätsel, das sie mir aufgibt, zu entschlüsseln. »Vielen Dank. Schön, dass es dir schmeckt.«

»Nein, es *schmeckt* mir nicht einfach nur«, sagt sie und schüttelt entschieden den Kopf. »Ich *liebe* es. Es ist einfach ...« Sie hält inne, als suche sie nach den richtigen Worten. »... himmlisch.«

Mein Grinsen wird noch eine Spur breiter. »Das Urteil freut mich sehr.« Aber unweigerlich kehre ich in Gedanken wieder zurück nach Barcelona zu der Frau, die eine ähnliche Lobeshymne auf einen Nachtisch angestimmt hat, den wir uns teilten. »Einfach göttlich«, war ihr damaliges Fazit gewesen. Entschlossen verdränge ich die spontane Erinnerung. »Für ein Picknick-Event ziemlich perfekt, finde ich. Fehlt nur noch ein umwerfend gutes Dessert dazu.«

Eine kurze Pause tritt ein, bevor sie mit seltsam leiser Stimme antwortet: »Ja, das ist es. Und am Dessert scheitert es sicher nicht.«

Irgendetwas in ihrer Stimme klingt fast wehmütig, und der Tonfall löst erneut dieses nagende Gefühl in mir aus.

Ich muss einfach wissen, was da los ist.

»Warst du schon mal in Miami?«, platzt es auf einmal aus mir heraus. Vielleicht habe ich sie ja dort in einem meiner anderen Restaurants getroffen, und jetzt spielt mir mein Gedächtnis einen Streich, indem es mir vorgaukelt, sie sei die Frau, die ich vor vielen Jahren verloren habe.

Verwirrt zieht sie die Augenbrauen zusammen. »Ja, aber das ist schon Jahre her.«

Kopfschüttelnd beuge ich mich vor. »Es tut mir leid, du siehst einfach so vertraut aus …« Ich verstumme und sehe sie mit fragendem Blick an.

Ihre Augen weiten sich, und einen Moment lang glaube ich, etwas Verletzliches in ihnen aufblitzen zu sehen. Sie streicht sich abwesend mit der Hand durchs Haar. »Ach ja?«

Ich nicke heftig. »Ja. Sehr. Es ist schon fast unheimlich.«

Ihre Miene ist undurchdringlich. »Ach, irgendwem sehen wir doch alle ähnlich, oder?«

»Ja, vielleicht.« Ich bin mir nicht sicher, was ich mit ihrer Antwort anfangen soll, also kehre ich zum ursprünglichen Thema zurück. Mein Business-Manager, Eduardo, hatte mich auf das Charity-Event angesprochen, als die Anfrage vor ein paar Tagen auf seinem Tisch gelandet war. Schon seit der Eröffnung meines Restaurants vor ein paar Monaten suchen wir nach einer Gelegenheit, auch lokal stärker auf uns aufmerksam zu machen. Die Kritiken sind gut, und das Geschäft läuft, aber ich weiß leider aus eigener Erfahrung, dass sich das Schicksal jederzeit wenden kann. »Natürlich würde ich mir auch ein ganz besonderes Dessert einfallen lassen«, sage ich mit einem Lächeln, weil es mich an jenen Nachmittag in Barcelona erinnert. Unser Flirt hatte über einem Nachtisch in einem kleinen Straßencafé abseits des Trubels der Stadt begonnen. »Desserts sind meine Spezialität.«

»Woran hast du denn gedacht?«, will sie wissen und unterdrückt gleich darauf ein begeistertes Stöhnen, als ich ihr erzähle, welchen süßen Abschluss ich für sie kreieren würde. Das leise Geräusch, das sie von sich gibt, löst etwas in mir aus, und ein Strom heißen Feuers schießt mir in die

Lenden. Das Gefühl des Déjà-vu verstärkt sich, und eine Reihe von Bildern blitzt vor meinem inneren Auge auf wie Puzzleteile, die versuchen, sich miteinander zu verbinden.

Ich fahre mir mit der Hand über das Kinn und runzele die Stirn. Es macht mich verrückt. »Bist du sicher, dass wir uns nicht schon einmal getroffen haben?«

Bilde ich mir das nur ein, oder blitzt da etwas in ihren Augen auf, bevor sie sich so zu mir beugt, dass ihr Top an der Schulter noch ein Stück weiter herunterrutscht? Automatisch folgt mein Blick der Bewegung und bleibt an ihrem Tattoo hängen. Wahnsinn. Das Bild ist so verdammt heiß, dass ich mit der Zunge darüberfahren möchte. Genauso wie über den Rest ihres Körpers.

»Die Frage ist wohl eher – bist *du* dir sicher, dass wir uns noch nie getroffen haben?« Ihr Tonfall ist neckisch und macht mich total an, es ist das gleiche Gefühl wie an jenem Nachmittag vor zehn Jahren. Alleine die Möglichkeit, sie könnte dieselbe sein, erregt mich.

Mein Körper erinnert sich daran, wie es war, dieses Mädchen zu küssen, wie sie unter der Berührung meiner Hände zu Wachs wurde, und ich streiche mit dem Finger über meine Unterlippe. »Du siehst genau so aus wie jemand …« Ich beuge mich ein Stück vor und sehe nur noch sie, während der Lärm und das Geklapper der Küche hinter mir zu verstummen scheint. »Jemand, den ich früher einmal kannte. Vor vielen Jahren.«

Ihre Lippen umspielt die Andeutung eines Lächelns. »Und wer ist dieses verlorene Mädchen der Vergangenheit?«

»Sie war –«

»Guten Morgen, mein Hübscher«, fällt mir plötzlich jemand mit lauter Stimme ins Wort, noch bevor ich sagen kann: »Jemand, den ich unbedingt wiedersehen wollte«. Und was immer auch gerade zwischen uns geschehen ist, der Moment ist vorüber. Mit einem tiefen Atemzug wende ich mich der kurvigen Blondine zu, die beinahe jeden Tag hier vorbeikommt. Sie balanciert eine Kiste mit Obst und Gemüse auf der Hüfte. »Hallo Greta«, sage ich. »Was hast du mir heute Gutes mitgebracht?«

Zärtlich klopft Greta auf ihre Kiste. »Für dich wie immer nur das Beste. Erdbeeren, Cantaloup-Melonen und ein paar samtweiche Pfirsiche«, sagt sie und schafft es, jedes ihrer Worte nach einer sexuellen Anspielung klingen zu lassen. So ist sie einfach. Greta hat schon immer gern geflirtet, auch wenn zwischen uns bis auf diese spielerische Neckerei nie etwas gelaufen ist.

»Hmm, Pfirsiche«, erwidere ich, bevor ich den Kopf schief lege und zu Penny blicke. »Magst du Pfirsiche?«

Einen Moment lang stelle ich mir vor, dass ich ihr einen Spalt der süßen Frucht zwischen die Lippen schiebe und zusehe, wie sie ihn mit der Zunge berührt, sanft zubeißt, genießt.

Ihr Tonfall wirkt überraschend kühl. »Wer mag denn keine Pfirsiche?«

»Stimmt. Es ist eine Sünde, keine Pfirsiche zu mögen. Kann ich jetzt gleich einen haben, bitte?« Greta überreicht mir eine der Früchte, wobei sie sich weit genug vorbeugt, um ihr prächtiges Dekolleté zu präsentieren.

»Ein Pfirsich nur für dich, Gabriel«, sagt sie und lässt meinen Namen über ihre Zunge rollen. »Bis später dann, Hübscher«, schnurrt sie, wie sie es immer tut.

»*Merci*«, antworte ich, und dann verschwindet sie mit schwingenden Hüften in der Küche, um ihre Lieferung abzugeben. Ich wende mich wieder Penny zu, ihre Miene ist schwer zu deuten. Mit einem Kopfnicken zeige ich in die Richtung der hübschen Blondine. »Greta kümmert sich um unser Obst und Gemüse.«

Penny zieht die Mundwinkel nach oben, lächelt aber nicht wirklich. »Mit Sicherheit.«

Der Kommentar klingt fast irgendwie … *bissig.* Verwirrt sehe ich sie an. »Wie bitte?«

Pennys Miene verändert sich schlagartig. »Mit Sicherheit macht sie das großartig«, sagt sie mit einem Lächeln.

Ich greife nach einem Messer auf dem Tisch und zerteile den Pfirsich in Spalten. »Das tut sie.« Dann schüttle ich den Kopf und starte einen neuen Versuch. »Aber zurück zu dem, was ich gerade sagte. Ich weiß nicht, aber ich werde einfach das Gefühl nicht los, dass wir uns kennen.« Fragend sehe ich sie an. »Penny …« Ich verstumme und warte darauf, dass sie mir ihren Nachnamen nennt. *Jones.*

»Penny Smith.« Ihr Tonfall ist vollkommen geschäftsmäßig, und meine Hoffnung löst sich in Luft auf. »Und ja, ich weiß, wie das manchmal ist. Aber ganz sicher, Gabriel, wir haben uns noch nie gesehen.«

»*C'est la vie*«, sage ich mit einem Schulterzucken. »Aber jetzt kennen wir uns ja. Und ich freue mich schon auf die Zusammenarbeit, Penny … Smith.«

»Die Freude ist ganz meinerseits, Gabriel. Ich denke, gemeinsam können wir einen großen Spendenbetrag erzielen, der den Tieren zugutekommt.«

»Das denke ich auch.« Lächelnd biete ich ihr ein Stück Pfirsich an. »Hier, zum Probieren. Du wirst es nicht bereuen, versprochen.«

»Da bin ich mir sicher. Was Pfirsiche angeht, habe ich noch nie etwas bereut«, antwortet sie trocken.

Ich lege den Kopf schief und versuche, den Kommentar zu verstehen, während sie mir das Stück Pfirsich aus der Hand nimmt und es in den Mund steckt. Ein leises, genussvolles Seufzen entfährt ihren Lippen, als sie hineinbeißt. Ich kann nicht aufhören, ihr beim Essen zuzusehen. Überhaupt ist es mir einfach unmöglich, den Blick auch nur eine Sekunde von ihr abzuwenden.

Als sie fertig ist, sagt sie: »Ja, um diese Pfirsiche hat sich ganz offensichtlich jemand gut gekümmert.« Sie erhebt sich und streckt mir eine Hand entgegen. »Ich freue mich wirklich, dass du dir eine Zusammenarbeit vorstellen kannst. Meine Assistentin Lacey meldet sich dann mit allen weiteren Details.«

Eilig stehe ich auf und ergreife ihre Hand. »Willst du wirklich schon gehen?«

Sie nickt knapp. »Ja, ich muss leider. Nur um noch mal sicherzugehen, mit dem Termin gibt es keine Probleme, ja?«

Ich nicke. »Ganz sicher.«

»Deine Kochkünste sind nicht schon anderweitig gebucht?«

Mit einem fragenden Blick schüttle ich den Kopf. »Nein, natürlich nicht.«

»Entschuldige. Es ist nur so, dass unser ursprünglicher Restaurant-Partner gerade kurz vor knapp abgesagt hat. Wenigstens haben sie vorher Bescheid gegeben und sind nicht einfach nicht aufgetaucht.«

»Wie freundlich. Aber keine Sorge, ich bin da. Natürlich nur, wenn du mit mir zusammenarbeiten willst.«

»Definitiv. Ich brauche dich. *Wir* brauchen dich«, verbessert sie sich.

»Dann freue ich mich auf die Zusammenarbeit. Wir sollten uns vorab allerdings noch mal über die Speisen unterhalten. Vielleicht willst du ja noch etwas ändern«, sage ich, und meine Stimme klingt nervöser als geplant. Aber die Aussicht, dass sie gleich geht, fühlt sich seltsam verstörend an.

»Das könnten wir auch am Telefon erledigen«, bietet sie an.

Kommt nicht infrage. »Ein gemeinsames Essen scheint mir passender. Heute Abend?«

»Musst du nicht kochen?«

Mit einer ausladenden Geste zeige ich auf meine Umgebung – die Tische und Stühle, die Küche hinter mir, den Empfangstisch. »Ich koche nicht mehr alles selbst, schließlich muss ich irgendwann auch noch ein Unternehmen leiten. Tagsüber bin ich natürlich immer hier, bereite die Saucen vor, plane die Tageskarte und so weiter, aber ich habe einen wunderbaren Souschef, der abends für mich in der Küche steht.«

Sie schenkt mir ein schmales Lächeln. »Heute Abend kann ich nicht. Ich habe zu tun.«

»Dann vielleicht morgen?« Ich werde nicht nachgeben. Ich muss sie einfach wiedersehen.

»Da bin ich leider schon verplant.«

»Übermorgen?«

Sie holt tief Luft. »In Ordnung«, sagt sie dann mit einem halbherzigen Nicken.

»Wo wohnst du?«

Sie deutet nach Norden. »Upper West Side.«

»Und was isst du am liebsten?«

»Spanisch«, entgegnet sie und sieht mir fest in die Augen, als wolle sie mir damit etwas sagen. In ihrem Blick liegt eine Herausforderung. Aber ich mag Herausforderungen, ganz besonders, wenn sie so aussehen.

»Wunderbar. Ich weiß schon, wo wir hingehen«, verkünde ich und nenne ihr den Namen des Restaurants, an das ich denke. »Freitag, acht Uhr. Du kommst doch, oder?«

Ein trauriger Schatten huscht über ihre Augen, dann antwortet sie. »Natürlich.«

Mit erhobenem Finger bedeute ich ihr, noch kurz zu warten, während ich schnell zum Empfangstisch hinübergehe und mir einen Stift und ein Stück Papier schnappe. Ich schreibe etwas darauf und reiche es Penny, Penelopes Doppelgängerin. Denn mehr ist sie wohl nicht. »Meine Nummer. Falls du dich verspätest.«

»Ich komme nicht zu spät.«

»Falls doch, warte ich einfach auf dich.«

Sie presst die Lippen zusammen, als müsse sie einen Kommentar zurückhalten. »Bis Freitag«, sagt sie dann nur.

»Willst du mir vielleicht auch noch deine Nummer geben?«

»Ich schicke dir eine SMS«, erwidert sie.

Doch das tut sie nicht. Den restlichen Tag pendle ich zwischen der Küche und den ein Stück entfernt liegenden Büroräumen meiner Firma hin und her. Aber ich kann Penny nicht vergessen. Ich kann einfach nicht aufhören, an sie zu denken, an ihre Lippen, ihre Augen, ihre Stimme, die Art und Weise, wie sie mir den Kopf verdreht hat. Es fühlt sich an wie ein Traum.

Genau wie sie – zart, wunderschön und unerreichbar. Ein Wunschtraum, der beim Aufwachen nur noch das vage Gefühl der Erinnerung hinterlässt.

KAPITEL DREI

Penny

Keinen Schimmer«, sage ich und fahre mit der Hand durch die Luft. »Er hatte keinen blassen Schimmer.«

Mit hochgezogenen Augenbrauen sieht Delaney mich von der Seite an. »Klingt eher so, als hätte er einen ziemlich deutlichen Schimmer gehabt, und du hast ihn angelogen«, entgegnet sie, während Shortcake auf der Hundewiese zwischen der 87th Street und dem Hudson River zu einem schokoladenbraunen Mastiff hinüberflitzt. Wir lehnen uns gegen den Zaun innerhalb des Parks, und ich winke Mitch, dem Besitzer des Mastiffs, einem drahtigen Typ mit Brille und schmutzig blondem Haar, freundlich zu. Er winkt zurück.

Währenddessen hat sich meine winzige Hündin auf die Hinterbeine gestellt und boxt dem großen Rüden, so gut sie kann, ins Gesicht. Um ihr zu helfen, macht der Mastiff sich so klein wie möglich, nur noch das wedelnde Hinterteil ragt in die Luft. David gegen Goliath in Perfektion.

Mit dem Finger zeige ich auf mein Mädchen. »Ich will so sein wie sie.«

»Und den großen Jungs eine verpassen?«

»Genau.«

Delaney nickt, ihr blonder Pferdeschwanz schwingt vor und zurück. »Wollen wir das nicht alle? Sie ist der Underdog, der jetzt der – wie sollen wir das nennen – der Oberdog ist?«

Lachend sehe ich zu, wie Shortcake im Spiel den Hund vermöbelt, der gut und gerne fünfzehnmal so schwer ist wie sie. »Dieser Beschreibung würde sie sicher zustimmen.«

Delaney wendet sich mir zu und sieht mir in die Augen. »Jetzt aber mal ernsthaft, Pen. Warum hast du nicht zugegeben, dass du es bist?«

Ich zucke mit den Achseln und versuche zu verstehen, was gestern in Gabriels Restaurant passiert ist. »Es hat sich einfach nicht richtig angefühlt.«

Sie stößt mir den Ellbogen in die Seite. »Bitte. Das ist doch Quatsch. Du bist nicht der Typ für *es hat sich einfach nicht richtig angefühlt.*«

Bingo. Meine beste Freundin hat mich erwischt.

In Wahrheit ist es schwer, das Wiedersehen mit Gabriel herunterzuspielen, weil sich jede Sekunde mit ihm irgendwie bedeutsam angefühlt hat, wie der Moment der Ruhe kurz vor einem Gewitter. Ich habe nicht zugegeben, wer ich bin, weil ich Angst vor dem Regen hatte.

»Ich wollte ja«, erkläre ich. »Ehrlich. Er wirkte so aufrichtig, als er immer wieder gefragt hat. Ich habe nur darauf gewartet, dass *er* die Verbindung herstellt. Ich wollte ihm die Arbeit einfach nicht ganz abnehmen.«

»Das verstehe ich. Wirklich.« Sie legt mir die Hand auf den Arm. Delaney ist eine körperbetonte Person, sie berührt einen ständig. Es passt zu ihr, schließlich verdient sie ihren Lebensunterhalt als Massagetherapeutin. »Und ich bin auch vollkommen dafür, Männer leiden zu lassen. Aber für mich hört es sich einfach so an, als hätte er schwer versucht, die Verbindung herzustellen.«

Ich zeige auf mein Gesicht. »Du kennst mich schon ewig. Sehe ich *so* anders aus?«

Sie legt ihren Kopf schief und tippt sich ans Kinn. »Hmm. Penelope Jones, die einundzwanzigjährige Wall-Street-Analystin mit dem konservativen Kurzhaarschnitt? Oder Penny Jones, die Musik und Hunde liebt und sich nach einem halben Jahr aus dem Finanzsektor verabschiedet hat, weil sie lieber mit Tieren arbeiten wollte, und heute Haare bis zum Hintern und Tattoos auf der Schulter hat?« Sie hält kurz inne, um dann fortzufahren: »Oder soll ich lieber Penny Smith sagen?«

Kapitulierend hebe ich die Hände. »Ich habe ihn angelogen, weil ich mir nicht anhören wollte, was für eine bescheuerte Entschuldigung er sich einfallen lässt«, sage ich und versuche, stark zu bleiben. Aber so war es nicht. Die Wahrheit ist, dass ich den Schmerz ganz einfach nicht ertragen hätte, wenn er auf meine Offenbarung hin nur unbeteiligt so etwas geantwortet hätte wie: »Ach so, tut mir leid. Ich hab's damals nicht zum Lincoln Center geschafft, mir wäre sonst der Braten angebrannt.«

Delaney richtet ihren Blick auf mich. »Was passiert, wenn ihr zusammenarbeitet und du die Wahrheit nicht länger verbergen kannst?«

Ich weiß, dass sie recht hat. Aber ich bin mir nicht sicher, ob ich mich damit jetzt schon auseinandersetzen kann. »Ich wollte ja wirklich etwas sagen. Aber dann ist diese Obstlady aufgetaucht, Greta mit den Melonenbrüsten, und sie hat ihn echt angeflirtet«, verteidige ich mich und sehe in Gedanken wieder die vollbusige Frau vor mir. »Sie hat ihn ›Hübscher‹ genannt und ›bis später‹ gesagt. Zwischen den beiden läuft was, das ist doch offensichtlich.«

Delaney verzieht das Gesicht. »Das ist überhaupt nicht offensichtlich. Vielleicht flirtet sie einfach gerne, und er legt Wert auf ein entspanntes Arbeitsklima.«

Schnaubend schüttle ich den Kopf, weil ich nicht zugeben will, dass sie vielleicht recht hat. »Wie auch immer. Aber was hätte es denn bringen sollen? Er hat mich nicht erkannt, und das ist auch gut so. Schließlich habe ich hart daran gearbeitet, die Sache zu überwinden, damit mein Leben weitergehen kann. Und ich war erfolgreich.«

Ihre zusammengezogenen Brauen verraten mir, dass sie mir nicht glaubt. »Ich weiß nicht, ob du wirklich so erfolgreich warst. Denn dann hättest du kein Problem damit gehabt, ihm zu sagen, wer du bist.« Ihr Tonfall wird weicher. »Pen, ich spiele hier nur den Advocatus Diaboli.«

»Ich hatte einfach keine Lust auf den ganzen Mist.«

»Warum hast du dich dann auf ein Dinner mit ihm eingelassen?«

Ertappt wende ich den Blick ab und sehe den Hunden beim Spielen zu. Der Mastiff rollt sich auf den Rücken, die Vorderbeine in die Luft gestreckt. Shortcake bearbeitet seine Schnauze. Mitch grinst und wendet sich dann wieder seinem Handy zu.

»Sie ist so süß«, entfährt es mir, und ich kann nur noch meinen Hund bewundern.

Da lacht Delaney laut auf. »O mein Gott, du willst ihn immer noch.«

Ich fahre zu ihr herum. »Mitch?«, frage ich ungläubig und lenke meinen Blick auf den blonden Mann mit der Brille. »Wir haben schon nach dem zweiten Date beschlossen, dass es für uns beide besser ist, wenn nur unsere Hunde miteinander im Gras herumrollen.«

Mitch hatte mich vor ein paar Monaten gefragt, ob ich

mit ihm ausgehen will, und er ist wunderbar und lustig und nett, aber außer den Hunden haben wir nicht viel gemeinsam.

Delaney schüttelt den Kopf. »Nein. Ich meine Gabriel. *Wen sonst?*«

»Also bitte.«

»Warum gehst du denn sonst mit ihm essen?«

»Das ist rein geschäftlich«, sage ich nachdrücklich. Vielleicht etwas zu nachdrücklich.

Freundschaftlich stößt mich Delaney mit der Schulter an. »Gib's zu, er sieht immer noch super aus, oder?«

»Nein«, lüge ich.

Sie schüttelt den Kopf, und ihre Mundwinkel zucken. »Du stehst einfach auf Bad Boys.«

»*Du* stehst auf Bad Boys«, entgegne ich.

Ergeben hebt sie die Hände. »Das habe ich auch nie abgestritten.«

»Außerdem«, sage ich entschlossen, »habe ich nur zugesagt, weil wir das Picknick planen müssen.«

Delaney nickt, aber ihr skeptischer Blick verrät mir, dass sie kein Wort glaubt. »Du hast zugesagt, weil du willst, dass er sich doch noch an dich erinnert. Du willst, dass es ihm leidtut und er endlich um Gnade winselt.«

Ich seufze schwer. »Hör auf, meine Gedanken zu lesen.«

Sie wirft mir ein Lächeln zu. »Eines meiner vielen Talente. Aber ich habe auch noch eine ernsthafte Frage. Hast du wirklich seinetwegen nicht zugegeben, wer du bist ... oder war es wegen Gavin?«

Bei der Erwähnung meines Ex verziehe ich die Nase. »Erwähne diesen Proleten nicht in meiner Gegenwart.«

»Diesen Proleten hättest du beinahe geheiratet. Aber zum

Glück bist du dem Schicksal ja noch mal von der Schippe gesprungen.«

Ich werfe ihr einen vernichtenden Blick zu. »Ich habe ihn *nicht* beinahe geheiratet.«

Delaney tippt sich an die Stirn. »Aber du hast darüber nachgedacht.« Sie schüttelt sich vor Entsetzen. »Ich bin froh, dass er sein wahres Ich noch vorher gezeigt hat. Irgendjemand sollte ihn aufhängen, und zwar am –«

Schnell halte ich ihr den Mund zu. »Sag's nicht. In Verbindung mit Gavin will ich nicht an diesen Körperteil denken. Das erinnert mich nur daran, wo er ihn überall reingesteckt hat.«

Gavin, ein regelmäßiger Geldgeber bei Little Friends, war meine letzte ernsthafte Beziehung. Ich war mir sicher, er würde mir einen Heiratsantrag machen. Ich war mir allerdings nicht sicher, was ich antworten würde. Geliebt hatte ich ihn schon, aber ich war einfach nicht davon überzeugt, dass er der Eine für mich war. Erst gegen Ende hatte ich begriffen, dass ich für ihn nur eine von vielen war. Gavin war Pilot und einer dieser gemein gut aussehenden Männer, der die Frauen zum Schwärmen bringt. In New York. In Los Angeles. In Chicago. In Dallas. Er hatte in jeder Stadt eine. Als ich von seinen Eskapaden erfuhr, versuchte er auf den Knien, mein Herz zu erweichen, aber ich habe ihn rausgeworfen.

Weil ich seine Entschuldigungen nicht hören wollte, habe ich seinen Kram an seine Arbeitsadresse geschickt und ihm geraten, sich nicht mehr bei mir blicken zu lassen, sonst würde er am eigenen Körper erfahren, was eine unsanfte Landung ist. Nach außen hin war ich tough und knallhart, aber ich habe eine Menge Ben & Jerry's, furchtbare Herzschmerzballaden, endlose Runden im Park und ungezählte Purple Snow Globe Cocktails mit Delaney gebraucht, um meine Wunden erfolgreich zu lecken.

Ich seufze. »Ich würde einfach gerne einen Mann finden, der wie ein Hund ist. Loyal.«

Aus dem Augenwinkel sehe ich, wie der Mastiff mittlerweile mit einer Deutschen Schäferhündin herumtollt und die schlanke Schwarzbraune bis an den Rand der Hundewiese verfolgt. Währenddessen macht sich Shortcake am Ohr eines Basset Hounds zu schaffen. Delaney und ich prusten los. »Oder auch nicht«, sagt sie.

»Aber ernsthaft, ich dachte irgendwie, dass es jetzt einfacher geworden wäre«, setze ich wieder an und werde vorübergehend beinahe philosophisch. »Mit der Liebe, weißt du?«

Sie nickt, und ich fahre fort: »Damals, als ich mich mit einundzwanzig in Gabriel verliebt habe, hat es sich wirklich so angefühlt, als hätte es etwas ganz Besonderes werden können. Okay, ich war jung und dumm, und es waren lediglich drei Tage, vielleicht habe ich mir da auch nur was eingebildet. Aber es hat echt wehgetan, als er nicht aufgetaucht ist.« Ich straffe die Schultern. »Aber jetzt bin ich erwachsen, habe die Sache hinter mir gelassen und ein paar gute und ein paar schlechte Erfahrungen gesammelt. Ich will mich ja auch nicht beschweren, aber wonach ich mich wirklich sehne, ist eine Beziehung, die ein Leben lang hält. Ist das heutzutage überhaupt noch möglich?«

Wehmütig schüttelt Delaney den Kopf. »Die Frage darfst du mir nicht stellen. Was ich so den ganzen Tag von meinen Klienten zu hören bekomme …«

Delaney erfährt bei der Arbeit alle möglichen Geheimnisse und erzählt immer wieder die wildesten Geschichten von Klienten, die sich unter ihrer magischen Berührung entspannen und dabei munter schmutzige Details über Affären, One-Night-Stands, Dreier oder Online-Sex ausplaudern. »Manchmal glaube ich, als Single sind wir besser dran.«

Vielleicht hat sie recht. Vielleicht sind wir mit unseren Hunden und unserer Freundschaft besser dran als mit einem Kerl, der auf seinen Flugreisen ein kleines schwarzes Buch führt – oder mit einem Playboy, der plötzlich unser ganzes Leben durcheinanderbringt.

Während ich noch über Dates und Sex und Wahrheiten und Lügen nachdenke, springt ein wunderschöner rostbrauner Irish-Setter-Mix auf die Hundewiese und jagt durch die Meute. Ihr Name ist Ruby, und auf der Stelle wenden sich ihr alle Hundeköpfe zu.

Gleich hinter Ruby kommt ihre Besitzerin, die nicht besser zu ihrer Hündin passen könnte. Nicole hat wallendes, seidenrotes Haar, Ton in Ton mit Rubys Fell. Sie ist groß, wunderschön und sprudelt über vor Selbstbewusstsein. Als sie uns entdeckt, winkt sie und ruft uns einen Gruß zu. Dann kommt sie herüber, umarmt mich fest und grüßt auch Delaney. Der Mastiff folgt ihr und reibt schwanzwedelnd sein Hinterteil an ihrem Oberschenkel.

»Er steht auf dich«, sagt Delaney mit Blick auf den großen Hund.

Nicole lacht und krault den großen Rüden am Kinn. »Er ist eben ein Charmeur. Du liebst sie einfach alle, stimmt's?«, sagt sie zu dem Hund.

»So einen kenne ich auch«, murmele ich.

Interessiert hebt Nicole eine Augenbraue. »Gavin? Hat der schon wieder einen Versuch gestartet? Hatte er dir nicht gerade erst eine Mail geschrieben und dich um eine zweite Chance angefleht?«

Kopfschüttelnd wende ich mich zu ihr. »Das war vor einem Monat. Ich nehme an, er hatte eine Zwischenlandung in New York und wollte dementsprechend auch nur zwischendurch mal was landen und nicht länger bleiben. Ich habe nicht geantwortet.«

Nicoles Mund formt ein O. »Du bist aber echt hart.«

Delaney wirft ein: »Diesmal ist es aber gar nicht Gavin. Der ist Schnee von gestern. Penny hat jemanden getroffen, in den sie vor hundert Jahren mal verknallt war.«

Mit strengem Blick stemmt Nicole die Hände in die Hüften und sieht mich an. »Also, was habe ich dir über derlei Angelegenheiten erzählt, junge Dame?«

Beziehungstipps sind Nicoles Spezialgebiet. Die meisten der Informationen, die sie uns zuteilwerden lässt, drehen sich allerdings um die Bedeutung ihres verlorenen Verlobungsrings.

Ich kratze mich am Kopf und versuche mir in Erinnerung zu rufen, welche ihrer Lektionen zu meiner aktuellen Situation passen könnten. »Hat es zufällig etwas mit einem verschwundenen Ring zu tun?«

Sie droht scherzhaft mit dem Zeigefinger. »Nein, ausnahmsweise nicht. Aber hör gut zu, denn schließlich ist guter Rat sonst teuer. Sehr teuer. Genau wie mein Ring, der sich damals verabschiedet hat.«

Delaney imitiert einen Trommelwirbel.

Die rothaarige Schöne verbeugt sich kurz. »Vielen Dank, Ladys. Vergesst das Trinkgeld nicht, wenn ihr geht.« Dann strafft sie die Schultern. »Aber im Ernst, Penny. Das Leben ist zu kurz, um es mit einem Ex zu verschwenden. Meistens gibt es einen Grund, warum der Kerl ein Ex ist.«

Genau darüber denke ich später am Abend auf der Couch nach, während sich Shortcake auf meinem Schoß zusammenrollt und ich mir auf dem Handy eine neue Indie-Playlist zusammenstelle.

Ich habe den Grund nie erfahren, warum unsere Beziehung damals gescheitert ist, und vielleicht will ich das auch gar nicht.

Wobei – wenn ich ganz ehrlich zu mir selbst bin, wüsste ich es wohl *doch* gerne.

Und deswegen greife ich in meine Handtasche, falte den Zettel mit seiner Nummer auseinander und tippe die Zahlen in mein Handy ein. Dann hole ich tief Luft und tue etwas, das ich seit einem Jahrzehnt nicht mehr getan habe.

Ich schicke ihm eine Nachricht.

KAPITEL VIER

Gabriel

Das Messer glänzt in Tinas Hand.

»So?« Meine Nachbarin krümmt die Finger der linken Hand auf der roten Zwiebel, während sie mit rechts die scharfe Klinge führt.

»Perfekt«, sage ich mit einem breiten Lächeln über den anschwellenden Refrain eines Rocksongs hinweg, der aus den Boxen ihrer topmodernen Stereoanlage dröhnt.

Mit einer eleganten Bewegung schneidet Tina eine schöne, dünne Scheibe ab. Ich breite die Arme aus, während der Sänger einer verlorenen Liebe nachschmachtet.

»Siehst du? In null Komma nichts bist du mein Souschef.«

Tina hebt eine silberne Augenbraue. »Alles klar. Und du studierst bei mir Musik.«

Lachend drücke ich einen Kuss auf ihre nicht mehr ganz glatte Stirn. Meine neue Nachbarin ist eine weltberühmte Cellistin. Nach drei umjubelten Jahrzehnten auf den Bühnen dieser Welt hat Tina sich vor Kurzem aus dem Berufsleben zurückgezogen und ihre Karriere bei den New Yorker Philharmonikern beendet. Aufgrund ihres nomadischen Lebens hat sie nie gelernt, zu kochen. Während ihrer Ehe war das kein Problem, aber seit ihr Mann im letzten Jahr verstorben ist, lebt sie allein. Als ich nach Manhattan in dasselbe Gebäude gezogen bin, haben Tina und ich uns auf Anhieb gut verstanden. Es hat nicht lange gedauert, bis sie mir Tipps gegeben hat, welche Waschmaschine im Keller ständig kaputt und welcher Lieferdienst am verlässlichsten ist. Dafür habe ich ihr ein bisschen in der Wohnung unter die Arme gegriffen, den Abfluss in der Küche repariert, ein paar Glühbirnen ausgewechselt oder mal ein Bild aufgehängt.

Eines Abends hat sie mir gebeichtet, dass sie sich auf ihrem Herd noch nie eine Mahlzeit zubereitet hat, und das konnte ich natürlich nicht ertragen. Eines der ersten Dinge, die ich ihr beigebracht habe, war, wie man ein Messer richtig hält, und mittlerweile beherrscht sie es ziemlich perfekt. Während sie das Gemüse für ihr Abendessen fertig schneidet, werfe ich einen Blick auf die Uhr an der Wand.

»Ich muss gleich gehen, Tina. Aber vergiss nicht, dieses Wochenende nehme ich dich mit auf den Union-Square-Wochenmarkt, und wir suchen das beste Gemüse für eine Pasta Primavera raus.«

»Ist das ein offizielles Date mit dem bestaussehenden Küchenchef Manhattans?« Schelmisch zwinkert sie mir zu, und ich schüttle amüsiert den Kopf. Tina wird mich meinen Abstecher ins Reality-TV nie vergessen lassen. Es bereitet ihr zu viel Freude, mich damit aufzuziehen.

»Und danach bringe ich dir bei, wie man Bachs Cellosonate Nummer eins spielt.«

Ich muss lachen. »Irgendetwas sagt mir, dass du viel schneller Kochen lernst, als ich auf dem Cello auch nur einen einzigen Ton treffe. Die wahre Meisterin hier bist du. Aber vielleicht kannst du mir stattdessen verraten, was wir gerade anhören«, sage ich und deute in Richtung der Lautsprecher. »Die Musik gefällt mir.«

»Ah«, sagt sie mit einem Nicken und legt das Messer auf dem Schneidebrett ab. »Du hast gemerkt, dass ich für mehr etwas übrig habe als für Brahms und Tschaikowski. Das sind *Pizza for Breakfast.*«

Ich pruste los. »Ernsthaft? Es gibt wirklich eine Band, die so heißt?«

Ungehalten erwidert sie: »Und zwar eine verdammt gute. Mach dich nicht über *Pizza for Breakfast* lustig. Sie sind eine lokale Band und spielen dieses Wochenende im The Den.«

Ich schlage mir die Hand vor die Stirn. »Was ist passiert, dass ich tatsächlich eine Band mit dem Namen *Pizza for Breakfast* mag?«

Mit entrüstetem Blick stemmt Tina die Hände in die Hüften. »Jetzt sag nicht, dass du keine Pizza zum Frühstück magst. Das war jahrelang mein Hauptnahrungsmittel.«

»Ich liebe Pizza zu jeder Tageszeit, Tina, und ich mag diese Band. Ich lade mir nachher ihr Album runter.«

»Aber bezahl dafür, junger Mann.«

»Sehe ich aus wie ein Dieb?«

»Nein, nicht in dem schicken Hemd, das du heute anhast. Mit wem gehst du denn aus?«

Ihr Kommentar überrascht mich, und ich zucke zusammen. »Wer hat gesagt, dass ich ausgehe?«

Sie feixt, und in ihren warmen braunen Augen liegt ein wissender Schimmer. »Niemand. Aber deine Klamotten verraten es mir«, sagt sie und beäugt meinen Aufzug.

Mein Blick wandert hinunter zu meinem Hemd, dunkelblau, mit verdeckter Knopfleiste. »Aber ich sehe doch jeden Tag so verdammt gut aus. Und heute eben auch.«

»Heute hast du dich rausgeputzt. Normalerweise trägst du diese viel zu engen Jeans und irgendein furchtbar trendiges T-Shirt –«

»Bei mir hat sich noch nie jemand über meine Jeans beschwert. Über meine Hemden übrigens auch nicht.«

»Wie ich schon sagte, deinem Hemd nach zu urteilen, willst du entweder Investoren bezirzen, wobei ich zufällig weiß, dass das nicht der Fall ist, oder du triffst dich mit einer Frau, die du außergewöhnlich gerne magst«, stellt sie in diesem überlegenen, mütterlichen Tonfall fest, den sie mir gegenüber manchmal anschlägt.

Mein Schulterzucken ist Eingeständnis genug.

»Hat der Herzensbrecher der Küche etwa jemand Besonderen kennengelernt?«, neckt sie mich mit einem der vielen Namen, die man mir über die Jahre angehängt hat.

Es hat keinen Sinn, es abzustreiten. Die Namen sind wahr, auch wenn es sich damit ähnlich verhält wie mit der Frage nach der Henne und dem Ei. Was war zuerst da? Während ich mich nach oben gekocht habe, war die Restaurantpresse in gleichem Maße an meinem Liebesleben wie an meiner Küche interessiert. Und auch in der Realityshow, an der ich unbedingt teilnehmen wollte, haben die Produzenten mir unmissverständlich klargemacht, wie sehr es ihnen gefiel, dass so viele Frauen nicht nur auf mein Essen standen. Und ich werde mich auch ganz sicher nicht über all die Gelegenheiten beschweren, die sich mir geboten haben, schließlich waren sie untrennbar mit meinem kometenhaften Aufstieg in der Kochszene verbunden.

Zugegeben, während der letzten paar Jahre hat mein Leben keine Wünsche offengelassen, aber ich kenne auch die Kehrseite des Glücks. Und damit meine ich nicht die Liebe, sondern das Leben.

Meine Familie kommt aus dem Nichts, wir mussten an allem sparen. Mein Vater ist ein unbekannter brasilianischer Künstler, der sich während seines Studiums in Frankreich unsterblich in meine französische Mutter verliebt hat. Wir hatten nicht viel, aber meine Eltern haben sich nie beschwert. Und ich auch nicht, nicht einmal, während ich auf der verzweifelten Jagd nach diesem TV-Job und der Chance, damit meine Karriere nach vorne zu katapultieren, Tag und Nacht bis zur völligen Erschöpfung gearbeitet habe.

Der Plan ist aufgegangen, und heute leite ich drei Restaurants und eine Firma, die mittlerweile auch Geschirr, Kochbücher und vieles mehr vertreibt. Das ist auch der Grund, warum ich vor ein paar Monaten von Miami nach New York gezogen bin, hier ist es einfacher, mein Unternehmen noch breiter aufzustellen.

Und die Spitznamen sind mir gefolgt – Sexiest Chef alive, der Schöne mit den scharfen Messern und so weiter.

»Also, ein Herzensbrecher bin ich nun wirklich nicht«, sage ich zu Tina.

»Mich kannst du nicht für dumm verkaufen, Gabriel«, gibt sie zurück und nimmt eine Paprika aus dem Korb auf ihrer Küchenanrichte. »Und jetzt beantworte mir meine Frage, oder ich verkoche mein Gemüse und behaupte dann, so hättest du es mir beigebracht.«

»Nein, nur das nicht. Niemals!«, rufe ich mit gespieltem Entsetzen. Die Musik wird sanfter, und ich halte kurz inne, um zu lauschen, als eine neue Stimme erklingt. »Die Band ist auch gut.« Dann füge ich hinzu: »Außerdem ist es wirklich kein Date.«

»Lügner.«

Ich seufze. »Okay. Du hast gewonnen. Ich arbeite mit ihr für ein Charity-Event zusammen.«

»Aber dir geht es nicht nur um das Event«, stellt Tina fest, die mich liest wie ein offenes Buch.

Es ist unmöglich, sie anzulügen. Sie ist eine dieser Frauen, die manche Dinge einfach *wissen*.

»Wohl nicht, nein.«

»Was macht sie so besonders?«

Meine Gedanken kehren zurück zu Penny, und ein Lächeln umspielt meine Lippen, als ich an die zwanzig Minuten denke, die wir vor ein paar Tagen in meinem Restaurant verbracht haben. »Außer der Tatsache, dass sie wunderschön ist, nehme ich an?«

Tina lacht wissend. »Schönheit verblasst. Erzähl mir was von *ihr*.«

»Ich kenne sie kaum, aber sie ist schlau und leidenschaftlich«, sage ich und denke an ihr Kompliment über das »himmlische« Sandwich und wie sie mich mit der Frage aufgezogen hat, ob ich wirklich sicher sei, sie zu kennen. Und zuerst war ich mir auch fast sicher gewesen. »Außerdem erinnert sie mich an jemanden.«

Tina sieht mich an und schüttelt die Paprika. »Du solltest nicht mit ihr ausgehen, weil sie dich an eine andere erinnert. Wenn du ein Date willst, dann um ihretwillen.«

»Es *ist* überhaupt kein Date.«

Tina schnaubt. »Sprach der begehrteste Küchenchef New Yorks. Jetzt verschwinde oder du kommst zu spät, und das wird ihr nicht gefallen.« Doch dann hält sie mich schnell am Arm fest und deutet mit dem Kopf auf die Lautsprecherboxen. »*Retractable Eyes*. Die Band.«

»Wie kommen die nur auf solche Namen?«

»Gib's zu, du findest sie wunderbar.«

»Sie haben was«, stimme ich ihr zu, denn schließlich ist

Tina eine absolute Musikgöttin. Durch sie habe ich schon viele spannende Bands entdeckt, auch wenn ich es nicht sein lassen kann, sie wegen der ganzen verrückten Namen aufzuziehen.

Mit einer Umarmung verabschiede ich mich und denke auf dem Weg in die Stadt über ihre Worte nach.

Gehe um ihretwillen mit ihr aus.

Tina hat recht. Penny mag meiner verlorenen Jugendliebe bis aufs Haar gleichen, aber heute Abend gehe ich mit *ihr* aus, nicht mit der Frau aus meiner Vergangenheit. Auch wenn die SMS, die sie mir gestern Abend geschickt hat, mich schon wieder so sehr an das Mädchen dieser drei magischen Nächte in Barcelona erinnert hat.

Nur, dass du gewarnt bist – ich liebe Dessert. Dieses Restaurant sollte also besser was zu bieten haben.

Da ich das Restaurant zu früh erreiche, setze ich mich an die Bar und warte. Obwohl ich versuche, mich zu wappnen, verschlägt es mir die Sprache, als die dunkelhaarige Schönheit ein paar Minuten später durch die Tür kommt und ich einen Blick auf ihr Blumen-Tattoo erhasche.

Ihr Anblick versetzt mein Blut in Wallung, denn sie ist noch hübscher, als ich vor zwei Tagen dachte, und ich kann mich nicht an ihr sattsehen. Mein Blick wandert von den schwarzen High Heels über die enge Jeans, die betont, wie lang und sexy ihre Beine sind, hinauf zu ihrem silbernen Top und den nackten Armen. Um ihre Handgelenke glitzern schmale, metallene Armreifen, und ihr langes braunes Haar ist auf einer Seite mit einer kleinen Schmetterlingsspange hochgesteckt, sodass man die elegante Tätowierung auf ihrer Schulter sehen kann.

Es gibt nur einen Grund, warum ich heute Abend mit ihr ausgehen wollte. Nicht etwa, um das Catering zu besprechen, sondern weil ich seit zehn Jahren keiner Frau mehr begegnet bin, die mich vom ersten Moment an so verzaubert hat.

Mit einem Lächeln gehe ich auf sie zu, lege eine Hand auf ihre Schulter und hauche ihr erst einen Kuss auf die eine Wange, dann auf die andere. Ein sanftes Keuchen entfährt ihren Lippen, und sie erbebt.

Genau wie ich.

KAPITEL FÜNF

Penny

»Wein?«

Gabriel hält mir die Weinkarte hin, und ich nehme sie entgegen. Einem Teil von mir brennt es unter den Nägeln zu sagen: »Ja, lass uns noch mal so eine Flasche bestellen wie an unserem letzten gemeinsamen Abend. Wir hatten noch nicht mal unsere Gläser leer getrunken, weil wir unbedingt allein sein wollten, erinnerst du dich? Noch bevor das Essen kam, haben wir um die Rechnung gebeten und sind in dein Zimmer gegangen. Und dann hast du mich so oft zum Orgasmus gebracht, wie ich es seitdem nie wieder auch nur annähernd erlebt habe. Aber hey, du hast eben einen Maßstab gesetzt.«

Stattdessen schlucke ich meine Nervosität herunter und sage: »Jede Frage, die mit *Wein* anfängt oder aufhört, sollte mit *Ja* beantwortet werden.«

Er lächelt, ein irre sexy Lächeln, das den Wunsch in mir weckt, entweder einen kleinen Freudentanz über meine geistreiche Antwort aufzuführen oder mich über den Tisch zu beugen und ihn so heftig zu küssen, dass ihm das Lächeln vergeht.

Moment, es gibt noch eine dritte Option. Ich könnte so tun, als wäre er mir völlig egal, und ihn einfach mitten beim Abendessen in diesem unglaublich romantischen Restaurant zwischen den freigelegten Ziegelsteinwänden und Tischkerzen sitzen lassen. Leider weiß ich bereits jetzt, dass ich das nicht tun werde, und das liegt nicht nur daran, dass er aussieht wie das Covermodell der Ausgabe von *Bon Appétit* mit dem Titel »Küchenchefs zum Vernaschen«.

Es ist irre, wie attraktiv er ist. Es muss einfach gegen irgendein Gesetz verstoßen, so schön zu sein. Er hat das absolute Werbegesicht, so hübsch, dass es vor jeder Plakatwand zu einer Massenkarambolage kommen würde, weil alle Frauen am Steuer nur noch auf diese Wangenknochen, diese Lippen und die braunen Augen starren können, die einem bis in die Seele zu blicken scheinen. Und dann noch dieses dichte, dunkle Haar, das man einfach nur anfassen will – er sah ja schon mit kurzen Haaren gut aus, aber dieser verwegene halblange Schnitt macht ihn einfach unwiderstehlich.

Um dem Ganzen noch einen draufzusetzen, ist er heute Abend auch noch sehr gut angezogen – elegant, aber mit genau dem richtigen Twist. Die Ärmel seines Hemdes sind bis zu den Ellbogen aufgerollt und enthüllen die faszinierenden Linien und Muster auf seinen tätowierten Unterarmen. Manche sind neu, wie die beiden spiegelgleichen Tribal-Armbänder direkt unter seinen Ellbogen, aber die antike Weltkarte auf seinem linken Unterarm ist mir so vertraut, dass sich die Erinnerung anfühlt wie ein Stich ins Herz.

An einem Nachmittag vor langer Zeit bin ich mit der Fingerspitze die Umrisse Europas nachgefahren, während wir zwischen Gaudis architektonischen Meisterwerken mit dem Panorama der Stadt vor Augen im Park Güell auf einer Decke lagen. Das Gras unter uns war kühl und weich, in der Luft lag der Geruch von Erde, Sommerblumen und Verlangen.

»Ich kenne diesen Kontinent wie meine eigene Westentasche«, hatte ich gesagt, denn europäische Geschichte war am College immer mein Lieblingsfach.

»Zeig es mir«, hatte er mich herausgefordert und den Arm ausgestreckt.

Leise einen Namen nach dem anderen aussprechend, begannen meine Finger ihre Reise über England, Deutschland, Frankreich, Österreich und Holland. Auf der Karte gab es keine Grenzen. Ich zeichnete ein, wo Portugal auf Spanien traf, das Land, in dem er die letzten Monate über gelebt hatte. Auf seine Frage nach meinem Lieblingsland fuhr ich mit dem Finger die Umrisse Italiens nach. Sein Atem beschleunigte sich, während ich den Stiefel nachzeichnete, und seine Stimme war rau vor Begehren, als er mich unterbrach: »Küss mich, meine Penelope.«

Ich kann seine Worte immer noch hören.

»Gibt es irgendetwas, das dir besonders zusagt?«, fragt er jetzt mit der Weinkarte vor sich auf dem winzigen Tisch.

»Italien«, murmele ich und bemerke erst kurz danach, dass ich laut gesprochen habe. Abrupt kehre ich in die Gegenwart zurück, sehe mit einem Blinzeln auf und begegne seinem Blick.

Fragend legt er den Kopf schief.

Schnell versuche ich, meinen Ausrutscher zu vertuschen. »Eigentlich trinke ich am liebsten italienischen Wein, aber da bin ich wohl hier im falschen Restaurant. Wenn ich ehrlich bin, trinke ich beim Spanier meistens Sangria«, sage ich mit einem Grinsen. »Aber die bestellt man wohl besser nicht, wenn man mit einem Küchenchef ausgeht.«

In seinen Augen funkelt es. »Hältst du mich etwa für einen Weinsnob? Glaubst du, ich mag keine Sangria?«

Ich öffne den Mund, um etwas zu sagen, aber dann schließe ich ihn wieder. Die Wahrheit ist, dass ich einfach angenommen habe, dass er Sangria für süße Plörre hält. Schließlich gewinnt meine Ehrlichkeit die Oberhand. »Keine Ahnung. Ich habe wohl einfach gedacht, du hättest gerne etwas Edleres.«

»Nur weil ich kochen kann, heißt das nicht, dass ich keine Pizza mag oder Sandwiches oder ein gutes Glas Sangria. Die eigentlich wichtige Frage ist aber, magst *du* Sangria?«

Im Moment brauche ich einfach irgendetwas gegen meinen Durst. »Ich liebe Sangria. Und außerdem hätte ich gerne einen Tempranillo«, sage ich und suche mir einen etwas besseren Wein aus, damit er nicht denkt, ich hätte keine Ahnung von der Welt, in der er lebt.

Oh, Scheiße. Habe ich wirklich gerade um zwei Gläser Alkohol gebeten? Bestimmt hält er mich für eine Säuferin. Fehlt nur noch, dass ich das Zeug gleich mit beiden Händen packe, runterstürze und mit dem Kopf auf der Tischplatte einschlafe.

Dankenswerterweise taucht der Kellner auf, und Gabriel bestellt jeweils ein Glas. Als der Mann sich abwendet, grinst mich mein Tischpartner wissend an. »Wir können teilen, mir schmeckt auch beides.«

Teilen.

Wie das Dessert im Café damals.

Vergangenheit und Gegenwart lassen die Haut an meinen nackten Schultern prickeln. Die Erinnerung an den Tag, an dem wir uns kennengelernt und gemeinsam ein göttliches Stück Mandelkuchen mit Karamell verspeist haben, legt sich über das Hier und Jetzt. Als der Kellner die beiden gefüllten Gläser bringt, schiebt Gabriel mir zuerst die Sangria zu. »Ich habe das Gefühl, das hier wolltest du wirklich.«

Was ich wirklich will, bist du.

»Und wenn ich mich im Stillen nach dem Tempranillo verzehrt habe?«, frage ich, um ihn zu ärgern.

Souverän deutet er auf die beiden Gläser. »Na, dann *Ladys first*. Such du aus.«

Der Tempranillo gewinnt. Der erste Schluck schmeckt süß und scharf zugleich. »Ein Geschmack von Kirschen und schwarzem Pfeffer«, urteile ich in gespielt schnöseligem Tonfall.

Er lacht. »Ich sehe schon, wir haben heute eine Weinkennerin an unserem Tisch.«

Schnell umschließe ich das Glas mit den Händen und tue so, als wolle ich es nicht mehr hergeben. »Dieser hier ist jedenfalls köstlich, den teile ich nicht.«

Wieder lacht er, legt den Kopf in den Nacken und fährt sich mit der Hand durchs Haar. Mein Blick folgt seinen Fingern und ihrer Bewegung. Unweigerlich frage ich mich, ob sein Haar noch genau so weich ist wie damals.

Sofort macht sich meine Fantasie wieder selbstständig, und ich spüre fast die dunklen Strähnen zwischen meinen Fingern, während ich seinen Kopf mit den Händen umfasse und er seine Lippen Richtung Süden über meinen Körper wandern lässt. Aaah, dieser Mund! Wie oft hat er mich zum Höhepunkt gebracht!

Was für eine wunderbar anrüchige Vorstellung. Ich presse die Schenkel zusammen, weil es plötzlich heiß zwischen meinen Beinen pulsiert.

»Dein Geheimnis ist bei mir sicher«, sagt er mit gesenkter Stimme, und eine Sekunde lang erstarre ich bei dem Gedanken, dass er genau weiß, wer ich bin und wie sehr er mich immer noch antörnt. Macht er sich jetzt gleich über mich lustig, weil ich ihm etwas vorgespielt habe, oder wirft er seine Serviette auf den Tisch und verkündet, dass er damals nicht aufgetaucht ist, weil ich ihm nie etwas bedeutet habe?

»Mein Geheimnis?«, frage ich nervös nach und verfluche meinen Körper dafür, dass er sich so verdammt leicht erregen lässt.

Seine Stimme wird noch etwas tiefer. »Dass in Wirklichkeit du hier der Weinsnob bist, Penny«, flüstert er, eindeutig verschmitzt. Mit einem Schlag bekomme ich wieder Luft und atme tief ein.

Dann schüttle ich lachend den Kopf. »Ich schwöre, ich bin kein Weinsnob. Allerdings halte ich Wein für einen der drei Beweise dafür, dass die Welt doch tatsächlich ein schöner Ort sein kann.«

»Und was sind die anderen zwei?«

»Musik und Hunde«, antworte ich. »Gib mir Wein, Musik und Hunde, und ich bin glücklich.«

Zweifelnd hebt er eine Augenbraue. »Ich dachte, deine große Liebe sei der Nachtisch. Du hast mich doch sogar noch wegen deiner Gefühle für das Süße vorgewarnt.«

»Oh.« Sanft tippe ich mir mit dem Finger auf die Lippen. »Da habe ich mich wohl verzählt. Vier Beweise.«

Gabriel nimmt meinen Tempranillo und hält ihn hoch. »Auf die vier Dinge, die das Leben lebenswert machen.«

Ich strecke die Hand nach dem Glas Sangria aus, stoße mit ihm an und bin glücklich – nicht wütend –, dass wir tatsächlich Spaß miteinander haben. Vielleicht sollte es mir zu denken geben, dass ich ihm nicht in die Eier treten will. Aber meine High Heels stehen fest auf dem Boden, und ich verspüre nicht das geringste Bedürfnis, dem Mann, der mir einst das Herz gebrochen hat, irgendeine Art körperlichen Schaden zuzufügen.

Vielleicht beginnt das Eis, das sich nach dem Ende unserer gemeinsamen Zeit um mein Herz gelegt hatte, endlich zu schmelzen.

Gabriel

Als der Kellner zurückkehrt, geben wir unsere Bestellung auf. Sobald er sich wieder abgewandt hat, lenke ich meinen Blick erneut zu Penny, begierig, sie besser kennenzulernen. Schon jetzt mag ich sie. *Sie*, nicht die Erinnerung an Penelope. Sie ist süß, und sie hat Feuer. Selbstbewusst ist sie, so wie bei ihrem Urteil über den Geschmack des Weins, aber auch neckisch und verspielt. Ihre Art macht mich an, bringt mich zum Lachen, fasziniert mich.

Deshalb ist es leicht, Tinas Rat zu folgen. Ohne einen Moment der Stille nehme ich die Unterhaltung wieder auf.

»Erzähl mal, wie bist du denn dazu gekommen, Charity-Events für Hunde zu organisieren?«, frage ich, weil es mich schon immer interessiert hat, was Menschen dazu bewegt, einen bestimmten Job anzunehmen. »War es Glück? Zufall? Schicksal? Oder wolltest du schon als Kind ein Tierheim leiten?«

»Ich liebe Hunde«, sagt sie, als sei es die natürlichste Antwort der Welt.

»Einen besseren Grund gibt es wohl nicht.«

»Manchmal glaube ich, wir versuchen zu angestrengt, den perfekten Beruf zu finden. Ständig wollen wir unseren

Traumvorstellungen mit einem Selbsthilfebuch auf die Sprünge helfen. Aber in Wirklichkeit weiß doch eigentlich jeder schon lange, was er will. Hier drin«, sagt sie und klopft sich auf die Brust.

Mit einem Kopfnicken stimme ich ihr zu. »Das glaube ich auch. Wenn man die Wahl mit dem Herzen trifft, kann man gar nicht anders als glücklich sein.«

Sie strahlt hell wie der Sonnenschein, und ihr Lächeln ist ansteckend, einzigartig. »Genau. Meine Großmutter hat immer gesagt, wahres Glück entsteht nur, wenn das, was man tut, mit dem eigenen Herzen in Einklang ist.«

»Deine Großmutter ist eine weise Frau. Meine Mutter hat etwas ganz Ähnliches gesagt. Tu, was du liebst«, erwidere ich und wende mich dann wieder dem Thema vierbeinige Freunde zu. »Wenn du Hunde so sehr magst – hast du denn selbst auch einen?«

»Ja, natürlich. Einen kleinen Chihuahua-Mix. Ich bin vollkommen vernarrt in sie«, entgegnet Penny und nimmt einen Schluck Wein. Dann macht sie eine Pause, fast so, als würde sie gern mehr erzählen, sei sich aber nicht sicher, ob ich wirklich Geschichten über ihren Schoßhund hören möchte.

Ich mag Hunde, und aus ihrem Mund würde ich mir alles anhören. Also stütze ich einen Ellbogen auf dem Tisch ab und lege mein Kinn in die Hand. »Erzähl mir von deiner Hundefreundin.«

»Sie heißt Shortcake«, sagt Penny mit einem Anflug von Stolz in der Stimme.

Ich lächle. »Das ist süß.«

»Weil sie so klein ist«, erklärt sie und zeigt mir mit den Händen, wie klein genau.

»Und weil du auf Süßkram stehst«, füge ich hinzu, damit sie weiß, dass ich ihr zugehört habe. Beiläufig ergreife ich ein Glas.

»Allerdings. Es gibt nicht viele Dinge, die leckerer sind als Erdbeer-Shortcake«, bestätigt sie, und ihr Lächeln wird breiter, wobei sie noch jünger wirkt. Ihre hellbraunen Augen leuchten, und ihr Lachen lässt sie fast so aussehen wie …

Ich blinzle, und einen Moment lang bin ich an einem anderen Ort. Ein Bild von Penelope legt sich über Pennys Gesicht, und die beiden wirken wie eins. Es ist, als würde ich plötzlich zweimal existieren – einmal hier mit ihr und einmal in der Vergangenheit, zusammen mit einem Mädchen, das mich fast um den Verstand gebracht hat. Ich weiß nicht, ob ich jemals an Liebe auf den ersten Blick geglaubt habe, und es trifft auch nicht genau das, was ich für das Mädchen aus meiner Vergangenheit empfunden habe. Aber es war verdammt nah dran, denn in jener letzten Nacht mit ihr wusste ich, dass ich mich hoffnungslos in sie verliebt hatte. Und das war auch der Grund, warum das Ende so furchtbar wehgetan hat.

Mit einem tiefen Atemzug straffe ich die Schultern und stelle das Glas ab, während ich mir Tinas Rat in Erinnerung rufe. Wer hätte gedacht, dass es so verdammt schwer ist, sich auf die Gegenwart zu konzentrieren?

»War es Liebe auf den ersten Blick?«, frage ich. Und um sicherzugehen, dass ich mich nicht wieder in Erinnerungen verliere, füge ich schnell hinzu: »Mit deinem Hund?«

Penny nickt glücklich. »Shortcake hat darauf bestanden, mir zu gehören. Als sie zu uns ins Tierheim kam, ist sie sofort schwanzwedelnd auf mich zugelaufen und an mir hochgesprungen. Und als ich mich nach unten gebeugt habe, um ihr Hallo zu sagen, hat sie einfach nicht mehr aufgehört, mich zu küssen.«

»Sie ist nicht gerade schüchtern, oder?«

»Und es war auch nicht nur ein schlauer Trick, damit ich sie mit nach Hause nehme.« Penny strahlt pure Freude aus. »Seit dem ersten Tag hat sie sich kein bisschen verändert. Sie ist einfach so, unglaublich liebevoll, ich kriege pausenlos Küsschen.«

Bevor ich mich bremsen kann, sage ich: »Und, gefällt dir das? Pausenlos geküsst zu werden?«

Und dieses Mal denke ich an *sie.* Die Frau, die mir gegenübersitzt.

KAPITEL·SECHS

Penny

Ich glaube, das Eis ist fast geschmolzen. Möglicherweise ist es schon passiert, als Delaney die These aufgestellt hat, es sei wahrscheinlich Greta, die gern flirtet, nicht Gabriel. Vielleicht hat es auch erst angefangen, als ich heute Abend durch diese Tür gekommen bin und gesehen habe, dass er auf mich wartet – der Moment, nach dem ich mich vor Jahren so gesehnt hatte. Oder es liegt schlichtweg daran, dass dieser Man hier vor mir jemand ist, den ich kennenlernen will. Immer und immer wieder.

Bei der Frage, ob ich am Küssen Gefallen habe, verwandeln sich meine Gedanken spontan in einen Strom glühend heißer Lava.

Und, gefällt dir das? Pausenlos geküsst zu werden?

Okay, wir sprechen über meinen Hund. Aber es geht nun mal ums Küssen. Und mich hat nie wieder jemand so geküsst wie Gabriel.

Es gab nur noch uns beide, damals, im Park Güell, als wir ineinander verschlungen im Gras lagen und unsere Lippen sich trafen, unser Atem eins wurde.

»Das hier könnte ich den ganzen Tag machen«, hatte er gesagt.

»Und die ganze Nacht?«

»Es gibt nichts, was mir lieber wäre. Wenn du es auch willst.« Seine Stimme war voller Verlangen.

»Ich will, dass du mich küsst«, sagte ich, und die Begierde verlieh mir Mut, als ich mich über ihn beugte, um mit den Lippen an seinem Ohr zu hauchen: »Überall.«

Danach sind wir nicht mehr lange im Park geblieben. Wahrscheinlich haben wir jeden Geschwindigkeitsrekord gebrochen, als wir die Decke eingepackt und zu ihm nach Hause gerannt sind.

Mit dem letzten bisschen Willenskraft schaffe ich es, diese allzu erotische Rückblende zu verdrängen, und zermartere mir das Gehirn, worüber wir geredet haben, bevor meine Erinnerung Amok gelaufen ist. Seinen Job? Kochen?

Ich weiß es nicht mehr, also frage ich einfach: »Und du?«

Er trommelt mit den Fingern auf den Tisch. »Ob ich es mag, geküsst zu werden?«

O Gott. Röte steigt mir ins Gesicht. Ich versuche nicht einmal mehr, meine Frage irgendwie mit weiteren Worten zu erklären, sondern schüttle nur den Kopf und kehre mit einer schnellen Handbewegung zum vorherigen Thema zurück – auch wenn es bereits mehrere Minuten her ist, dass wir über unsere Arbeit gesprochen haben.

»Ob du das Kochen liebst, meine ich.« Meine Worte klingen gestelzt, weil ich nur noch ans Küssen denken kann.

Er lacht. »Das war eine interessante Überleitung.«

Peinlich berührt betrachte ich meine Hände, fahre mit dem Finger am Stiel des Weinglases entlang und falte die Serviette auf und zu.

Dankenswerterweise fragt er nicht, was mit mir los ist, auch wenn ich vor Scham am liebsten im Boden versinken würde. Ich brauche jemanden, der mich vom Tisch wegzieht und schüttelt, bis ich wieder klar denken kann. Denn was ich hier mache, ist das, was man mit Dummheit definieren könnte. Es kann doch nicht sein, dass Gabriel mich schon wieder derart in seinen Bann schlägt! Und doch … lasse ich genau das gerade zu.

»Genauso, wie du Tiere liebst, liebe ich das Kochen«, sagt er achselzuckend.

Und mehr ist es nicht.

»Der beste Grund, das zu tun, was man tut«, murmele ich und wiederhole seine Worte. »Aus Liebe.« Wie recht er hat.

»Allerdings glaube ich auch, dass man es leicht aus dem Blick verlieren kann«, wirft er ein und schiebt den Ärmel seines Hemdes ein Stück höher. »Dass man plötzlich den Drang hat, etwas anderes tun zu wollen. Aber wie du schon gemeint hast, die Antwort liegt meistens hier.« Er deutet auf seine Brust. »Wusstest du schon immer, dass du mit deiner Arbeit etwas Gutes tun willst?«

»Ich dachte eigentlich, ich will an die –« Bevor ich Wall Street sage, verstumme ich. Ich weiß nicht, ob ich schon bereit bin, meinen Schutzwall aufzugeben, indem ich ihm zu schnell zu viel offenbare. Also schlucke ich und korrigiere mich. »Ich dachte, ich wollte Geschäftsfrau werden. Aber nach sechs Monaten war mir klar, dass das nichts für mich ist. Und du? Hat die Liebe zum Kochen dich schon immer begleitet?«

Er lacht leise. »In dieser Beziehung hatte ich Glück. Schon als ich ein kleiner Junge war und neben meiner Mutter am Herd stand, um zu lernen, wie man ein Ei kocht, wusste ich, dass ich in der Küche zu Hause bin.«

Ein Anflug schlechten Gewissens durchzuckt mich. Ich weiß noch genau, wie er mir damals von seinen Eltern und seinen Geschwistern erzählt hat, wie arm sie aufgewachsen sind und wie sehr er gehofft hat, ihnen eines Tages helfen zu können. Der Wunsch, ihm alles zu gestehen, keimt in mir auf.

Du hattest recht, als du gefragt hast, ob wir uns schon einmal getroffen haben. Aber wir haben uns nicht nur getroffen, zwischen uns war sehr viel mehr. Bitte sag mir, dass du dich an alles erinnerst. So wie ich. Und dass du es gern tust.

Und ganz gleich, ob er nun alles vergessen hat oder nicht, ich möchte nicht so tun, als sei ich jemand anders – jemand, den er nicht kennt. Die Gegenwart allein reicht mir nicht, ich will auch unsere Geschichte. Außerdem kann ich dieses Spiel nicht länger spielen, wenn er mir gegenüber so offen ist.

»Auch wenn ich in dieser Beziehung mehr Glück hatte als in anderen«, fügt er hinzu, gerade als der Kellner unsere Bestellungen bringt und die Teller auf den Tisch stellt.

»Warum würdest du sagen, du hattest kein Glück?«, erkundige ich mich, und mein schlechtes Gewissen nimmt zu. Plötzlich komme ich nicht umhin, mich zu fragen, ob irgendetwas Tragisches unser Wiedersehen verhindert hat. Irgendetwas furchtbar Trauriges.

Mir steckt ein Kloß in der Kehle, aber ich schlucke ihn hinunter. Ich muss es einfach wissen. »Ist mit deiner Familie alles in Ordnung?«

»Oh, ja. Denen geht es gut«, versichert er mir und bedankt sich beim Kellner. Ich tue es ihm nach. »Ich meinte nur, dass es Dinge gab, die ich wollte, aber nicht bekommen habe. Die ich bereut habe. Jobs, die ich gern gehabt hätte.«

»Ach ja?« Eine Welle der Erleichterung durchflutet mich, während wir die Servietten auffalten.

Gabriel greift nach seiner Gabel und nickt. »Ja. Und ich konnte nicht gut damit umgehen. Ich dachte, alles müsse so laufen, wie ich es wollte. Ich muss mir einfach immer wieder in Erinnerung rufen, dass ich verdammtes Glück hatte, dort anzukommen, wo ich jetzt bin, und die Möglichkeit habe, meine Familie zu unterstützen, so viel es geht. Wenn die Dinge anders gelaufen wären, hätte ich das vielleicht nicht gekonnt. Ich muss einfach daran glauben, dass wir den Pfad entlanggehen, der uns vorbestimmt ist, auch wenn es manchmal wehtut«, sagt er mit seinem himmlischen Akzent, der all diese Worte über Loyalität, Familie und die Launen des Schicksals noch tiefgründiger klingen lässt. »Ich muss einfach an das Schicksal glauben.« Er hält kurz inne, sieht mir in die Augen. »Geht es dir auch so? Glaubst du an das Schicksal?«

Schicksal.

Ein Wort, und schon wieder verliere ich mich in der Erinnerung.

»Glaubst du, es ist Schicksal, dass wir uns getroffen haben, Penelope?«, hatte er in unserer letzten gemeinsamen Nacht im Licht des Mondes, das durch das offene Fenster auf seine warme Haut fiel, gefragt.

»Ja, das tue ich«, war meine Antwort gewesen, atemlos von unserem Liebesspiel und von dem Beben, das seine liebevoll über meinen Körper wandernden Finger noch immer in mir hervorriefen, obwohl er mich wieder und wieder zum Höhepunkt gebracht hatte.

»Ich auch«, flüsterte er und schob sich über mich, um meine Handgelenke über meinem Kopf festzuhalten und meinen Nacken, meine Kehle, meine Brüste mit Küssen zu bedecken, bis ich mich vor Lust wand und vor Verlangen aufstöhnte. Dann hob er den Kopf, den Blick voller Begierde, presste mir die Lippen auf den Mund und küsste mich wie von Sinnen.

»Ich werde dich wiedersehen. Ich muss einfach«, sagte er schließlich, und dabei war er mir immer noch so nah, dass ich seine Lippen auf den meinen spüren konnte.

Lautes Tellerklappern aus der Küche holt mich zurück in die Gegenwart. Ich lege die Gabel beiseite, hebe die Hand und lege mir die Fingerspitzen an die Schläfe, als könnte ich die schwindelerregenden Erinnerungen an all unsere gemeinsamen Stunden, all unsere Wünsche und Pläne einfach wegzaubern.

Dann hebe ich den Kopf und begegne seinem Blick, und seine Augen sind ernst und aufrichtig, während er auf meine Antwort wartet. Hier mit ihm, in diesem Moment, weiß ich nicht, wie ich an irgendetwas anderes als an das Schicksal glauben kann.

Auch wenn es mir furchtbare Angst macht. Ich hasse es, etwas für ihn zu empfinden. Ich liebe es, etwas für ihn zu empfinden.

Welches Gefühl soll gewinnen, Liebe oder Hass?

Es gibt wohl nur eine Antwort.

»Ja, ich glaube an das Schicksal«, sage ich, und in meiner Brust löst sich ein Knoten. Wärme durchflutet mich, vom Kopf bis in die Zehenspitzen. Das Gefühl ist gleichzeitig wunderbar und alarmierend, denn es erinnert mich daran, wie leicht es war, in seinen Bann zu geraten. Immerhin passiert es gerade wieder. Angestrengt versuche ich, meine Gedanken auf die heutige Mission zu fokussieren – herauszufinden, warum es mit uns nicht geklappt hat, und nicht gleich mit der Wahrheit herauszuplatzen.

Nicole hat gesagt, dass wir unsere Ex-Freunde aus gutem Grund zurücklassen.

Zehn gnadenlose Jahre lang war Gabriel mein Maßstab. In dieser Zeit bin ich mit anderen Männern ausgegangen, habe mich verliebt, hätte mich beinahe verlobt. Aber trotz alledem hat sich ein Teil von mir immer zurückgehalten. Ein Teil, der gelähmt war vor Angst, benutzt zu werden. Sitzen gelassen. Weggeworfen. Gibt es etwas an mir, das man einfach nicht lieben kann? Könnte es noch einmal einen Mann dazu bewegen, mich allein an einem Brunnen stehen zu lassen?

Ich bin nicht mehr das naive Mädchen, das sich mit einundzwanzig in Gabriel verliebt hat. Mittlerweile bin ich älter und habe genug Erfahrungen gesammelt, um zu wissen, was ich will – ich will *den Einen.* Und wenn ich es nicht schaffe, die Geschichte mit Gabriel hinter mir zu lassen, weiß ich nicht, ob ich jemals in der Lage sein werde, diesen einen Mann zu finden.

Wie kann ich nach vorn schauen, wenn mich die Fragen der Vergangenheit einfach nicht loslassen?

Nachdem der Kellner nachgeschenkt hat, greife ich nach dem Sangria-Glas und nehme einen beherzten Schluck, um mir Mut zu machen.

Dann sehe ich zu, wie Gabriel das andere Glas hebt, und die Geräuschkulisse des Restaurants tritt in den Hintergrund, als die Stimme in meinem Kopf sich über alle anderen erhebt. Wie der Refrain eines Liedes, der immer lauter wird, laufen die Worte in Endlosschleife in meinem Gehirn. *Sag es ihm, sag es ihm, sag es ihm.*

Auch er lässt mich nicht aus den Augen, und sein Blick ist so intensiv, als versuche er, sich jedes Detail von mir einzuprägen. Nervosität regt sich in meinem Innern, aber sie vermischt sich mit einem anderen Gefühl. Einer seltsamen neuen Hoffnung, dass ich die Wahrheit aussprechen kann, ohne dass die Wunde wieder aufbricht. Dass ich sagen kann, was ich muss, ohne es zu bereuen.

Aber unter seinem erbarmungslosen Blick ziehen sich die Worte wieder tiefer in mich zurück. Ein dunkler Glanz steht in seinen Augen, und ich schwöre, er lässt seinen Blick über jeden Zentimeter meines Körpers wandern – meine Arme, meine Brüste, meinen Hals und mein Haar. An meiner Schulter bleibt sein Blick hängen, und die Zeichnung der eleganten Blüte scheint alles zu sein, was er noch wahrnimmt.

Meine Tattoos erinnern mich an Begierde, an Weiblichkeit. Sie erinnern mich an Stärke und an ein Mädchen, das den Mut hatte, gegen den Willen seiner Eltern nach dem College einen Sommer in Europa zu verbringen. Das Mädchen, das beim Besteigen des Flugzeugs gerade so viel Spanisch konnte, um sich irgendwie durchzuschlagen, aber während der Reise genug gelernt hat, um sich mit beinahe jedem unterhalten zu können – und das mutig genug war, in einem Straßencafé in Barcelona diesen Mann anzusprechen.

Und später, viele Monate später, hat genau dieses Mädchen sogar den Mut aufgebracht, trotz aller Risiken einen Job aufzugeben, den es nicht mochte, und einen anzunehmen, für den es immer noch brennt.

Vielleicht stammte die Kraft für diesen Schritt ins Ungewisse noch aus der Zeit in Europa, vielleicht ist sie aber auch erst durch den Schmerz entstanden, der danach kam.

»Die Blüte ist wunderschön«, sagt Gabriel und starrt auf die intensiven Pink- und Violetttöne auf meiner Haut. Seine Stimme ist rau, wie sie es war, als unser Kuss seine Erregung ins Unermessliche gesteigert hat.

»Danke«, flüstere ich, und meine Stimme klingt atemlos. »Wie lange hast du sie schon?«

Ich fahre die Umrisse der Blüte mit den Fingerspitzen nach. »Die Lilie ist neu, erst ein paar Monate alt. Die anderen habe ich vor einigen Jahren stechen lassen.«

Als ich die Tätowierung berühre, könnte ich schwören, dass aus seiner Kehle ein leises Grollen dringt, wie ein tiefes, begieriges Stöhnen. Fast schon unverfroren sieht er mich an, als sei es das Natürlichste der Welt, mich hier im Restaurant mit den Augen auszuziehen. Denn genau das tut er.

Es besteht kein Zweifel.

Ich will ihn immer noch.

Und er will mich.

Mich. Nicht Penelope.

Ich weiß nicht, warum es mir nicht schon vorher aufgefallen ist. Vielleicht war ich immer noch in einer Art Schockzustand, vielleicht raubt mir seine Gegenwart auch einfach den Verstand. Aber das hier ist ein Date. Er hat mich – Penny – zu einem Date eingeladen. Mit keinem Wort hat er die angeblich so wichtige Eventplanung bisher auch nur erwähnt. Er hat mich eindeutig nicht in dieses romantische Restaurant mit sanfter Musik und Kerzenlicht eingeladen, um über die Arbeit zu sprechen.

Mein Herzschlag beschleunigt sich, und die feinen Härchen auf meinem Arm stellen sich auf.

Eigentlich haben wir über gar nichts gesprochen, nur über uns. Und jetzt sieht er mich an, als sei ich der nächste Gang seines Menüs.

Das Problem ist, dass ich nicht weiß, was ich von der Tatsache halten soll, dass er sich mit mir verabredet hat. Bestätigt das nur, dass er ein Playboy ist und eine Frau nach der anderen abschleppt? Oder macht es mich zu etwas Besonderem? Und ist es in Wahrheit das, was ich mir von heute Abend erhofft hatte? Begehrt zu werden? Dass er mein neues Ich mit nach Hause nimmt? Oder will ich ihm eigentlich erst sagen, dass ich das Mädchen bin, das sich einst in ihn verliebt hat und ihn noch jetzt, Jahre später, nicht aus dem Kopf bekommt?

Die Fragen lassen mich nicht los und nagen an meiner Gewissheit, bis mein Wagemut schließlich versiegt.

Als wir fertig gegessen haben, räumt der Kellner unsere Teller ab, und sobald er sich abwendet, bedanke ich mich bei Gabriel.

»Nein. Ich danke *dir*«, sagt er.

»Wofür?«

»Dafür, dass du mit mir ausgegangen bist.« Er klingt vollkommen aufrichtig. Soweit ich es beurteilen kann, war er den ganzen Abend über ehrlich zu mir.

Ich muss ihm einfach die Wahrheit sagen. Was ich hier mache, bin nicht ich. Ich will ein Mensch sein, der offen und ehrlich mit anderen umgeht, auch wenn ich nicht weiß, was es mir einbringt. Und deshalb kann ich ihn – und mich – nicht länger anlügen.

»Der Abend war fantastisch. Von Anfang bis Ende«, sage ich, und es stimmt.

»Moment mal. Wenn mich die Erinnerung nicht täuscht, bist du doch erst zufrieden, wenn auch das Dessert gut ist.«

KAPITEL SIEBEN

Gabriel

Während Penny ihre Crème brûlée isst, überrollt mich das Gefühl des Déjà-vu wie eine eiskalte Welle. Mit aller Macht versuche ich, den Kopf über Wasser zu halten und mich an der Gegenwart festzuklammern, hänge aber hilflos zwischen den Zeiten fest. Die Vergangenheit lässt mich einfach nicht los.

Ich dachte, ich hätte es tatsächlich geschafft, Tinas Rat zu befolgen und Penny um ihretwillen ausgeführt. Und so ist es auch. Denn es besteht kein Zweifel, Penny ist einfach bezaubernd. Ihre Art hat mich direkt in ihren Bann gezogen, und ich will sie unbedingt wiedersehen, sie besser kennenlernen.

Aber trotz all dieser Gedanken an die Zukunft fühle ich mich wie ein Hund, der an der Leine nach hinten gerissen wird. Denn irgendetwas zieht mich in die andere Richtung.

Dieser Abend war das schönste erste Date, das ich seit Jahren hatte, aber wie verzweifelt ich auch versuche, mich daran festzuklammern, ich schaffe es einfach nicht. Die Welle schlägt über mir zusammen, und ich gehe unter.

* * *

In dem Moment, als ich in jenem Straßencafé in Barcelona am Tisch neben ihr Platz nahm, war ich verloren. Unsere Blicke trafen sich, und ich war nicht in der Lage, mich von ihren warmen Augen abzuwenden. Also habe ich es auch einfach nicht getan. Als ihr Mandelkuchen kam, hob sie eine Augenbraue und sagte: »Du starrst auf meinen Nachtisch.«

Ich musste lachen. »Nicht so sehr auf den Nachtisch, nein. Wobei ich schon die Hoffnung habe, du brauchst vielleicht Hilfe dabei, ihn aufzuessen. Darf ich mich zu dir setzen?«

Mit einem Nicken stimmte sie zu, und ich ging zu ihrem Tisch hinüber. Mit der Gabel in der Hand verkündete sie: »Mit Karamell – es gibt nichts Besseres, das Zeug ist einfach göttlich. Wir sollten es also unter allen Umständen aufessen.«

»Keine Sorge, ich bin ein großer Anhänger des Vernichtens von Süßspeisen.«

»In Amerika gibt es ein Sprichwort: Iss immer das Dessert zuerst«, erklärte sie lachend.

Ohne sie aus den Augen zu lassen, hob ich die Gabel und probierte ein Stück der Tarta de Santiago. »Das Sprichwort gefällt mir. Könntest du mich vorübergehend zum Amerikaner ernennen?«

Lächelnd klopfte sie mir auf die Schulter, eine oberflächliche Berührung, die mich eigentlich nicht hätte erregen dürfen, aber irgendwie tat sie es. »Hier, bitte schön. Kraft meines Amtes erkläre ich es heute für möglich, dass du den Nachtisch zuerst essen kannst.«

»Ich muss dir ein Geheimnis verraten. Diese Fähigkeit hatte ich vorher schon«, flüsterte ich, und sie lachte auf, ein wunderschönes Geräusch, wie helles Glockengeläut.

Und schon hatte ich mich hoffnungslos in ihrem Netz verfangen. Vielleicht war es ihr Selbstvertrauen. Auch wenn sie ein paar Jahre jünger wirkte als ich, zeigte sie keinen Hauch von Schüchternheit oder Unsicherheit. Ihre Ausstrahlung war faszinierend, genau wie ihre Schönheit.

Als wir den Mandel-Karamell-Kuchen aufgegessen hatten, wusste ich zwei Dinge mit Sicherheit – ich wollte sie nicht einfach gehen lassen, und ich musste sie wiedersehen.

»Darf ich dich zum Abendessen einladen?«

Sie sagte Ja.

Aber wir warteten nicht bis zum Abendessen. Stattdessen verbrachten wir den ganzen Nachmittag miteinander, schlenderten durch die Seitenstraßen der Stadt, erkundeten Kirchen und Gebäude und besuchten alle möglichen Sehenswürdigkeiten, die sie sich ansehen wollte.

Während all dieser Stunden habe ich sie immer besser kennengelernt. Ihr zugehört und erfahren, dass sie am College europäische Geschichte studiert hatte und wie schön es für sie war, während der letzten Monate über den ganzen Kontinent zu reisen. Dass sie sich nach ihrer Rückkehr auf ihren Job an der Wall Street bei Smith & Holloway freute.

Jedenfalls größtenteils, fügte sie hinzu. Sie freute sich größtenteils darauf.

»Dieser Urlaub ist mein letzter Moment der Freiheit, bevor ich mich in die Sklaverei der Arbeitswelt begebe«, erzählte sie mir.

»Dann sollten wir sicherstellen, dass du deine letzten Tage in vollen Zügen genießt. Wie wäre das?«

»Das wäre hervorragend.«

Dann küsste ich sie im Mondlicht, und es fühlte sich an, als sei genau das der Grund, warum ich in jenem Sommer überhaupt nach Barcelona gekommen war. Später, als ich ihr erzählte, ich hätte bald einen Job in New York, war ich mir sicher wie nie, dass das Schicksal es gut mit mir meinte.

* * *

»Diese Crème brûlée ist köstlich, aber was ich eigentlich wissen möchte, ist, ob deine noch besser schmeckt«, fordert Penny mich mit einem aufreizenden Augenaufschlag heraus.

»Natürlich schmeckt meine besser. Wenn du so heiß drauf bist, mache ich gern mal eine für dich«, gebe ich zurück. Die Herausforderung nehme ich an. Und wenn sie mit mir flirten möchte – bitte, das kann ich auch.

»Ein Dessert würde ich niemals ablehnen«, sagt sie, und sofort stelle ich mir vor, wie sie in meiner Küche steht und ich den Löffel an ihre Lippen führe. *Probier mal*, würde ich sagen.

Vor meinem inneren Auge sehe ich, wie sie mit der Zunge über den Löffel leckt und dabei genussvoll die Augen schließt. Und mir sagt, was sie sonst noch gern probieren möchte. Dann würde ich sie an den Hüften packen, auf die Anrichte heben und ihr zeigen, dass mein Talent sich nicht nur auf die Küche beschränkt, sondern sich bis ins Schlafzimmer und darüber hinaus an all die anderen Orte erstreckt, die sie sich vorstellen kann.

»Würdest du dich wohl noch mal mit mir treffen, Penny?«

Ihr Mund öffnet sich, aber sie antwortet nicht gleich. Sie legt den Löffel ab, breitet die Hände auf der Serviette aus und sieht mir dann in die Augen. »Das würde ich gern, aber es gibt etwas, das ich dir …« Sie zögert.

»Was?«, hake ich nach und überlege, ob sie wohl ein Problem damit hat, dass wir zusammenarbeiten und sie erst nach ihrem Charity-Event wieder mit mir ausgehen will.

»Also –«

»Hat es Ihnen geschmeckt?«, ertönt plötzlich eine Männerstimme.

Kurz verziehe ich das Gesicht, werfe dem Kellner dann aber ein Lächeln zu, auch wenn ich wünschte, er hätte den Anstand, nicht einfach mitten in ein Gespräch hineinzuplatzen.

»Es war alles wunderbar. Wir hätten gern die Rechnung«, sage ich und wende meine Aufmerksamkeit wieder Penny zu. In ihren Augen steht auf einmal erneut diese mädchenhafte Verletzlichkeit.

Sie bringt mich völlig aus dem Konzept. Es fällt mir schwer, mich auf das Hier und Jetzt zu konzentrieren, also entschuldige ich mich, verschwinde auf die Herrentoilette, spritze mir kaltes Wasser ins Gesicht und trockne mich mit einem Papierhandtuch ab.

Auf dem Weg zurück durch den Gastraum bleibe ich wie angewurzelt zwischen den Tischen stehen. Zum ersten Mal wendet Penny mir den Rücken zu. Sie spielt mit ihrem Haar und hat die langen, vollen Strähnen mit der Hand zusammengefasst, sodass ihr Nacken freiliegt.

Stille senkt sich über meine Welt, als sei ganz Manhattan plötzlich verstummt. Nur sie allein steht im Scheinwerferlicht.

Ich weiß, dass sie es ist.

Ganz sicher.

Diesen Nacken habe ich schon geküsst. Vor einer Boutique in Barcelona, nachdem ich ihr gesagt hatte, in diesem roten Kleid aus dem Schaufenster würde sie wundervoll aussehen. Ich habe sie von hinten in die Arme geschlossen und mit den Lippen sanft ihren Nacken berührt. Ihr weiblicher Duft hat mir den Kopf verdreht.

»Du würdest unglaublich darin aussehen, meine Penelope. Und noch unglaublicher, wenn ich es dir ausziehe. Denn du brauchst kein Kleid, wenn du bei mir bist.«

Lachend hatte sie sich an mich gelehnt und zu mir aufgeschaut. »Vielleicht trage ich das Kleid, wenn wir uns das nächste Mal sehen, und dein Wunsch geht in Erfüllung.«

»Ich habe nur einen einzigen Wunsch. Und der ist, dich heute Abend noch einmal zu nehmen. Jetzt gleich.«

»Dann nimm mich«, flüsterte sie.

Die Erinnerung an damals und das Hier und Jetzt verschmelzen, und der rasende Strom meiner Gedanken kommt zum Stehen.

Penny ist meine Penelope.

Ein Gefühl des Erstaunens überkommt mich. Ein Gefühl von Ehrfurcht. Mit der Hand reibe ich mir über das Kinn und versuche zu entscheiden, was ich jetzt tun soll. Müsste ich eigentlich sauer sein? Mich freuen, mich ärgern? Mich betrogen fühlen?

Ich bin mir sicher, sie weiß, wer ich bin – ich habe immer noch denselben Beruf, denselben Nachnamen.

Warum sie nichts gesagt hat, weiß ich nicht, aber jetzt will ich es von ihr hören. Sie soll mir sagen, woher ich sie kenne, denn ich will die Worte von den Lippen hören, die ich nie wieder aufhören wollte zu küssen.

Erfüllt von einem tiefen Verlangen, das sich über all die Jahre versteckt hat, aber heute Abend wieder entfacht wurde, trete ich an sie heran. Sanft lege ich ihr die Hände auf die Schultern. Sie zuckt zusammen, entspannt sich aber sofort wieder, als sie sich umdreht, um mich anzusehen. Ich beuge mich von hinten über ihren Nacken. *»Hast du jemals dieses rote Kleid gekauft?«,* will ich fragen.

Aber sie spricht zuerst. »Gabriel, als ich sagte, ich müsse dir etwas erzählen, meinte ich – du hattest recht. Wir kennen uns.«

Die Tatsache, dass sie es zuerst ausspricht, erregt mich. »Ich weiß«, flüstere ich, und sie erbebt, als mein Atem über ihren Nacken streicht. »Du bist meine Penelope.«

»Das bin ich.« Ihre Stimme ist erfüllt von derselben Hoffnung, die auch mich durchströmt. Ich kann nicht anders, ich berühre ihren Nacken mit den Lippen, ein sanfter, kaum wahrnehmbarer Kuss. Ein Zittern durchläuft sie, und das ist alles, was ich wissen muss. »Ich bin Penny Jones.«

Mit einer Hand ziehe ich mein Portemonnaie aus der Tasche und werfe genug Scheine auf den Tisch, um die Rechnung zu begleichen.

Dann ergreife ich ihre Hand und führe sie aus dem Restaurant. Wir laufen ein Stück, bevor wir vor einem eleganten Stadthaus mit breiten, grünen Stufen hinter einem niedrigen Eisenzaun stehen bleiben. Die Straße um uns herum ist in dem Moment vollkommen verlassen. Das Licht einer nahen Straßenlaterne fällt auf ihr Gesicht.

Ihr Gesicht.

Ich bin nicht verrückt. Mit mir ist alles in bester Ordnung, und ich wusste, dass sie es sein muss. Aber jetzt will ich wissen, was zum Teufel hier los ist.

»Warum hast du mir vorgestern nicht gesagt, wer du bist?«, frage ich und fühle Enttäuschung in mir aufwallen. »Du hast gesagt, du heißt Penny Smith.«

Sie schüttelt den Kopf und beißt sich auf die Lippe. Dann holt sie Luft und stößt hervor: »Ich wollte, dass du mich erkennst. Ich wollte nicht diejenige sein, die es dir sagt. Ich wollte, dass du mich erblickst und sofort Penelope in mir siehst. Genauso, wie ich dich sofort erkannt habe.«

Ich umfasse ihre Hand noch ein wenig fester und trete näher an sie heran. »Ich wusste, dass du es bist. Mein Gott, ich wusste es! Kannst du dir vorstellen, wie oft ich mich in all den Jahren und in unzähligen Straßen umgedreht und gehofft habe, dich zu sehen?«

Ihre Augen weiten sich, und sie öffnet den Mund. »Nein. Ich hatte keine Ahnung. Woher auch?«, fragt sie ungläubig. »Schließlich hast du mich damals am Lincoln Center versetzt.«

Mit der freien Hand fahre ich mir durch die Haare und seufze frustriert auf. »Ich bin mir durchaus bewusst, dass ich es vor zehn Jahren nicht nach New York geschafft habe. Aber warum hast du mir vorhin nicht gleich gesagt, wer du bist? Vorgestern, okay, das verstehe ich vielleicht noch. Aber heute Abend? Kein Wort?«

Sie zieht die Augenbrauen zusammen und faucht: »Weil du mich hättest erkennen sollen! Du hättest wissen müssen, dass ich das Mädchen bin, mit dem du geschlafen hast.« Sie ist jetzt richtig wütend. »Das mit dir war mein erstes Mal, und das war dir bewusst. Wie konntest du mir also in deinem Restaurant gegenübersitzen und nicht kapieren, wer ich bin? Weil du ›Manhattans sexiest Chef alive‹ bist? Weil du die Herzensbrecher-Nummer einfach mit zu vielen Mädchen abgezogen hast in all den Jahren, nachdem du mich versetzt hattest?«

Sie schleudert mir die Bezeichnungen der Presse wie ein scharfes Messer entgegen. Und ihre Worte verletzen mich. All die Begriffe, die ich nie für mich gewollt habe, auch wenn sie nur allzu wahr sind, bohren sich schmerzhaft in meine Brust.

»Oh, ich wusste, wer du bist, das kannst du mir glauben. Ich wusste es.« Ich spucke die Worte aus, Ärger überwältigt mich. »Ich habe dich nicht vergessen, Penelope.«

Abschätzig hebt sie eine Augenbraue. »Ach ja? Hast du in deinem Gedächtnis überhaupt noch Platz für eine mehr? Mein Herz hast du nämlich wirklich gebrochen, der Name passt also.«

»Hör auf«, sage ich und hebe eine Hand, bevor wir etwas tun, was wir hinterher bereuen. »Hör auf, so etwas zu sagen. Bestrafe mich nicht für das, was ich getan habe, ehe du wieder in mein Leben geplatzt bist. Ich habe dich sofort gefragt, ob wir uns schon einmal getroffen haben. Aber du hast mir ins Gesicht gelogen und unerbittlich auf dem Gegenteil beharrt. Du hast mir erklärt, du hießest Penny Smith! Und ich habe mich bewusst dafür *entschieden*, der Frau zu glauben, die vor mir saß, statt sie noch länger infrage zu stellen. Du hast dich verändert. Deine Haare sind länger, dunkler, und deine Schulter ist voller sexy Tattoos. Warum hätte ich dir nicht glauben sollen, als du behauptet hast, wir kennen uns nicht?«

Fest drückt sie ihre Knöchel gegen meine Brust. »Du hättest es *wissen* müssen. Hier drin. Ich habe mich total bescheuert gefühlt. Du hast gesagt, du glaubst an das Schicksal. ›Ich werde dich wiedersehen. Ich muss einfach.‹ Das waren quasi deine letzten Worte in Spanien.«

Ich ergreife die Hand auf meiner Brust und halte sie fest,

schließe meine Finger auch um Penelopes geballte Faust. Ich werde sie nicht loslassen.

»Ich wollte nicht, dass du dich schlecht fühlst. Nicht damals. Nicht heute. Also, keine Spielchen mehr. Keine Lügen –«

Doch sie unterbricht mich, die Ader in ihrem Hals pulsiert heftig, als sie die Stimme erhebt. »Willst du wissen, warum ich nicht gesagt habe ›Ich bin es, deine Penelope‹? Weil ich auf dich gewartet habe, Gabriel. Du hast versprochen zu kommen. Hast immer wieder gesagt, dass du mich unbedingt wiedersehen wolltest. Und dann habe ich stundenlang an diesem Brunnen gestanden. *Gehofft.* Und du hast noch nicht mal eine E-Mail geschrieben. Ich habe nie wieder von dir gehört. Kein einziges Wort. Nicht an diesem Tag. Nicht am nächsten. Niemals, in all den Jahren. Weißt du, wie sehr das wehgetan hat?« Ihre Stimme zittert, als würde sie gleich in Tränen ausbrechen. »Warum hätte ich irgendetwas anderes denken sollen, als dass du in Barcelona von mir bekommen hast, was du wolltest, nur um mich dann schnell wieder zu vergessen?«

Der Schimmer in ihren wunderschönen braunen Augen verrät ihren Schmerz. Ich habe sie damals nicht nur verletzt, sondern die Narbe ist nie ganz verheilt.

»Dich zu vergessen war das Letzte, was ich jemals wollte«, stoße ich hervor.

Aber meine Worte dringen nicht zu ihr durch, während sie die Schultern strafft und mit unseren verschränkten Händen gegen meine Brust drückt. Einen Moment lang denke ich, sie lässt mich hier stehen. Ich will nicht, dass sie geht, aber ich bin auch kein Mann, der eine Frau dazu zwingt, bei ihm zu bleiben.

Also lasse ich ihre Hände los. Aber sie wendet sich nicht ab. Stattdessen packt sie mein Hemd direkt unter dem Kragen und ballt erneut die Faust. In ihren Augen brennt ein Feuer. »Und dann führst du mich heute Abend aus und machst mir schöne Augen, und ich weiß wieder, warum ich mich damals in dich verliebt habe. Aber ich will mich nicht noch einmal so fühlen, wenn du plötzlich nicht mehr auftauchst.« Zwei Tränen laufen jetzt ihre Wangen hinab, und ihre Stimme wird fast unhörbar, aber sie wendet sich noch immer nicht ab. »Denn es passiert schon wieder. Ich bin schon wieder dabei, mich in dich zu verlieben.«

Sanft umfasse ich ihre Schultern, beuge mich vor und küsse erst eine, dann die zweite Träne von ihrem Gesicht.

»Das ist es, was ich im Leben am meisten bereut habe«, flüstere ich in ihr weiches Haar. »Alles, was ich wollte, war, dich wiederzusehen. Ich habe es mir so gewünscht.«

Ihr Ärger löst sich auf wie Rauch. »Warum bist du dann nicht gekommen?«

Ich hole tief Luft und hebe den Kopf, um ihr in die Augen zu sehen. »Rückblickend betrachtet ist es eigentlich eine lustige Geschichte.«

KAPITEL ACHT

Gabriel

Penny steht mit dem Rücken am Eisenzaun, nur wenige Zentimeter trennen mich von ihr.

Sie wartet darauf, dass ich ihr erkläre, warum ich damals nicht aufgetaucht bin, und wahrscheinlich erwartet sie eine tragische Geschichte. Eine Geschichte wie aus dem Kino oder einem Roman von Nicholas Sparks.

Aber es gibt kein furchtbares Unglück. Kein Feuer. Keine Mutter, die handgeschriebene Briefe versteckt hat. Kein schrecklicher Unfall, der verhindert hätte, dass ich ihr schrieb.

Es war ganz einfach Schicksal, das Leben in seiner reinsten Form. Nichts als der dumme Fehler eines Vierundzwanzigjährigen, begangen in einem Anfall verzweifelter Wut. Mit Sicherheit höre ich mich an wie der letzte Idiot, wenn ich es ihr erzähle. Aber was soll's, so ist es nun mal.

»Ich habe mein Handy an die Wand geworfen.«

Verständnislos zieht sie die Brauen zusammen und sieht mich an. »Du hast dein Handy an die Wand geworfen?«, fragt sie, als ergebe es mehr Sinn, wenn sie es wiederholt.

»Ja. Und ich weiß, ich sollte eigentlich irgendeine dramatischere Erklärung parat haben, wie ›meine Großmutter ist gestorben‹ oder ›meine Mutter ist krank geworden‹, Gott bewahre. Aber so war es nicht.«

Ihre Miene wird weich. »Ich bin froh, dass es ihnen gut geht. Es geht ihnen doch gut?«

Ich nicke. »Ja, die ganze Familie ist geradezu unheimlich gesund und munter. Meine Schwester hat geheiratet und Zwillinge bekommen. Mein Bruder ist verlobt. Und meine Mutter arbeitet nicht mehr als Lehrerin, sondern konnte endlich in Rente gehen.«

»Dank dir?«, fragt Penelope und sieht zu mir auf.

»Ja, ich kümmere mich jetzt um sie. Aber der Punkt ist«, sage ich und hole Luft, »ich wollte dich wiedersehen, mehr als alles andere. Der Job in diesem New Yorker Restaurant war wie ein Sechser im Lotto. Mein Cousin in Miami hatte den Kontakt hergestellt – der Restaurantleiter war ein Freund von ihm. Aber an dem Morgen, als du ins Flugzeug gestiegen bist, habe ich erfahren, dass mein Arbeitsvisum abgelehnt wurde.«

Ihre Augen weiten sich. »O nein.«

Einen Moment lang schließe ich die Lider und massiere mir den Nasenrücken. Ich kann die Enttäuschung noch immer spüren, die mich beim Anblick der offiziellen Ablehnung meines Antrags überwältigt und das Blut in meinen Adern vor Wut zum Kochen gebracht hatte.

Mit einem tiefen Atemzug schlage ich die Augen wieder auf und erzähle ihr, wie es war, als ich an jenem Morgen das Regierungsschreiben aus dem Briefkasten des Hauses gefischt hatte, in dem ich damals zur Untermiete wohnte.

»Du warst gerade ins Flugzeug gestiegen, und ich hatte endlich mal nach meiner Post gesehen. Ich glaube, während du bei mir warst, habe ich nicht einmal den Briefkasten geöffnet. Ich war …« – meine Mundwinkel zucken – »anderweitig beschäftigt.«

Auch auf ihren Lippen liegt ein Lächeln, und ich fahre fort.

»Ich mache also den Briefkasten auf und sehe *endlich* den heiß ersehnten Brief aus den Staaten. Ich war mir sicher, dass es mein Visum mit der Erlaubnis ist, in die USA zu fliegen und dort zu arbeiten. Ich habe sogar den verdammten Briefumschlag geküsst, weil ich dachte, er enthielte die besten Nachrichten der Welt. So sehr hatte ich mich auf diesen Job gefreut. Wegen des Geldes und der Aufstiegsmöglichkeiten und natürlich, weil ich dich dann sehen konnte. Es schien alles in der richtigen Spur zu sein«, erzähle ich, und die Erinnerung an jenen Moment verleiht meiner Stimme einen verzweifelten Unterton. »Die Leute vom Restaurant hatten mir versichert, mit dem Visum würde alles klargehen. Ich war nicht der erste Koch aus dem Ausland, den sie eingestellt haben, und alle waren sich sicher, ich würde das Visum bekommen.«

Trauer überschattet Penelopes Blick, und ich ergreife wieder ihre Hand. Diesmal verschränken wir unsere Finger, und die Berührung reicht aus, um ein geradezu magisches Verlangen aufflammen zu lassen. Aber es gibt noch so viel zu erzählen, also rede ich weiter.

»Ich bin die Treppen hoch in mein mieses kleines Apartment gerannt, was sich nach den drei Nächten mit dir dort gar nicht mehr so mies angefühlt hat, und habe den Briefumschlag aufgerissen.« Wie damals sacke ich in mich zusammen. »Abgelehnt. Arbeitsvisum abgelehnt. Ich war so sauer! Und dann habe ich versucht, dich anzurufen.«

Mit hochgezogenen Augenbrauen legt sie den Kopf schief. »Wirklich?«

»Natürlich«, sage ich bestimmt. »Ich habe dich sogar noch vor meinem Cousin angerufen.«

»Aber ich saß im Flugzeug«, sagt sie leise, als sei auch sie ganz in die Erinnerung eingetaucht. Dann aber trifft sie offenbar eine neue Erkenntnis. »O Gott. Selbst wenn du mir eine Nachricht hinterlassen hättest, hätte ich sie nie bekommen. Ich hatte mir ja für Europa extra dieses winzige Klapphandy gekauft. Und das hat nicht mehr funktioniert, als ich wieder in den Staaten war.«

»Ganz genau. Vor zehn Jahren war das alles noch etwas anders.«

»Kein Mensch hatte damals ein Smartphone.« Es ist, als erinnerten wir uns gegenseitig daran, in welch anderer Zeit wir uns kennengelernt hatten. »Man konnte damals nicht von New York aus einfach so einen Freund in Paris anrufen. Nicht mal Skype war etwas Alltägliches.«

Penelope und ich hatten unsere Handynummern ausgetauscht, um einander während der paar Tage, die sie noch in Spanien war, anrufen zu können. Aber sie hatte sich das Handy nur für die Reise zugelegt, außerhalb Europas ließ es sich nicht benutzen.

»Ich hatte also keine Möglichkeit, dich anzurufen, nachdem du Spanien verlassen hattest«, erzähle ich weiter. Natürlich hatten wir diese Tatsache mit eingeplant, als wir unsere E-Mail-Adressen aufgeschrieben und Treffpunkt und Uhrzeit für unser Wiedersehen in New York festgelegt hatten, schließlich waren wir nicht blöd. »Du hattest noch kein neues Handy, weil du dir erst nach deiner Rückkehr in die USA eines kaufen wolltest. Wir haben noch darüber gesprochen, dass ich wahrscheinlich schon wieder bei dir wäre, noch bevor ich dich anrufen könnte.« Die Ironie entlockt mir ein bitteres Lachen.

»Das habe ich auch gedacht«, sagt sie und sieht mich durch ihre dunklen Wimpern an. Ihr offener Blick ist jetzt ernst, und die Wut, die sie vor ein paar Minuten noch verströmt hat, ist verflogen. »Aber was war mit meiner E-Mail-Adresse? Warum hast du mir nicht geschrieben, was passiert war? Ich hätte es verstanden.«

»Das ist es, was die Geschichte im Rückblick fast lustig macht«, entgegne ich und hole tief Luft. »Als ich dich angerufen und nur diese Stimme vom Band gehört habe, ›diese Nummer ist nicht länger erreichbar‹ oder was auch immer sie gesagt hat, bin ich einfach ausgerastet. Ich hatte keinen Job. Ich konnte nicht in die USA. Und ich konnte dich nicht einmal erreichen, um es dir zu sagen. Da habe ich mein Handy an die Wand geschmissen.«

Erstaunt blinzelt sie. »Das ist aber eine heftige Reaktion.«

»Ich bin kein Hitzkopf, Penelope, das weißt du. Aber ich wollte dich unbedingt wiedersehen, und als ich dich noch nicht mal sprechen konnte, musste aus Wut das Handy dran glauben.«

»Okay, man sagt mir auch nach, schon mal die eine oder andere Haarbürste geworfen zu haben. Aber hatte es dein Telefon wirklich verdient, so hart dafür bestraft zu werden, dass es *mein* Telefon nicht mehr anrufen konnte?«, fragt sie, diesmal wieder mit diesem neckenden Unterton in der Stimme.

»Viel schlimmer war, dass ich mich damit selbst bestraft habe.« Denn jetzt komme ich erst zum wahren Ausmaß meines dummen Fehlers, denke ich und schlucke. »Weil deine E-Mail-Adresse in der Kontaktliste meines Handys gespeichert war.«

»O nein«, keucht sie. Sie schließt die Augen und schwankt. Mit sanftem Griff umfasse ich ihre Hand etwas fester, während sie leise weiterspricht: »Deshalb hast du mir nie geschrieben.« Mit bebenden Lippen holt sie Luft, dann öffnet sie die Augen wieder. »Und ich habe dir nie gemailt, weil ich so sauer war, dass du nicht zu unserem Treffpunkt gekommen bist.«

Wieder ergreife ich auch ihre zweite Hand und halte sie beide fest. »Ich habe fast den Verstand verloren, weil ich keinerlei Verbindung mehr zu dir hatte. Irgendwie wünschte ich fast, ich könnte dir sagen, deine Mail-Adresse stand auf einem Stück Papier, das mir aus der Tasche gefallen und verbrannt ist, als ich gerade eine Pfanne auf die Gasflamme stellen wollte. Dass ich bei dem verzweifelten Versuch, sie zu retten, meine Küche geflutet, aber nur noch die verkohlten Überreste von irgendwas@hotmail in der Hand gehalten hätte.«

Peinlich berührt lächelt sie mich an. »PenelopeJ5261@hotmail. Die schlimmste Mail-Adresse aller Zeiten.«

Lachend stimme ich ihr zu. »Allerdings. Diesmal muss es bitte wenigstens Gmail sein.«

In ihren Augen liegt jetzt ein neuer Glanz. »Na, was für ein Glück. Es ist PennyJones@gmail.«

Ich tippe mir an die Stirn und wiederhole ihre Adresse. »Ist gespeichert.« Einen Moment lang schweige ich, dann kehre ich zum Thema zurück. »Verstehst du, was das heißt? Ich habe versucht dir zu sagen, dass ich nicht komme. Ich wollte dir schreiben. Mein Gott, gleich nachdem mein Handy an die Wand geknallt und in tausend Stücke zersprungen ist, bin ich hingerannt und habe verzweifelt versucht, es zu reparieren.« Ich kann mich immer noch sehen, wie ich dort auf dem Boden sitze und vergeblich versuche, Telefontechniker zu spielen. »Leider hat Handyreparatur noch nie zu meinen Talenten gehört. Aber du sollst wissen, dass die Vorstellung, wie du an diesem

Brunnen stehst und auf mich wartest, tausend Mal schrecklicher war, als den Job nicht zu bekommen. Ich habe mich gefühlt, als hätte das Schicksal mich im Stich gelassen. Den ganzen Tag lang habe ich daran gedacht und mir die Szene vorgestellt. Und es hat mir das Herz zerrissen.«

»Mir auch«, flüstert sie, und erneut stehen Tränen in ihren wunderschönen Augen. Diesmal küsse ich sie nicht fort. Ich lasse sie weinen, weil ich spüre, dass sie es braucht. »Ich dachte, du hättest mich einfach sitzen gelassen.«

»Natürlich. Was hättest du auch sonst denken sollen?«, sage ich mit sanfter Stimme.

Sie schluckt. »Aber du hast versucht, mich zu erreichen. Du hast versucht, es mir zu sagen.«

»Ich wollte dich unbedingt wissen lassen, dass das Schicksal New York nicht mehr für mich vorgesehen hatte.«

»Gabriel«, sagt sie in einem Tonfall, als müsse sie etwas beichten. Sie lässt meine Hände los und legt ihre Handflächen auf meine Brust. Ihre Berührung fährt durch meinen Körper wie ein Elektroschock. »Am nächsten Tag habe ich deine Mail-Adresse gelöscht. Alle unsere Fotos. Ich hätte dir schreiben können, aber ich habe es nicht gemacht. Es hat so wehgetan, dass du nicht gekommen bist! Es tut mir so leid …«

Sanft lehne ich mich an sie und hauche ihr einen Kuss auf die Stirn. »Mir auch. Ich habe sogar versucht, dich bei der Arbeit zu erwischen.«

»Wirklich?«, fragt sie und löst sich von mir, um mir in die Augen zu sehen.

Ich nicke. »Ich wusste noch den Namen der Bank. Smith & Holloway. Die Nummer stand im internationalen Telefonverzeichnis. Also habe ich an deinem ersten Tag dort angerufen. Die Rezeptionistin wirkte ziemlich verwirrt.«

Penny lacht. »Das war sie auch. Hat ständig die Nachrichten durcheinandergebracht.« Dann öffnet sie den Mund. »O Gott. Nein, das kann nicht wahr sein. Du hast mir in der Bank eine Nachricht hinterlassen?«

»Ja.« Ich spüre einen Anflug von Stolz, weil sie jetzt endlich weiß, wie sehr ich mich bemüht habe.

Entgeistert schüttelt sie den Kopf. »Dort war die Rezeptionistin mit ihrem Nachrichtenchaos ein Running Gag. Sie hat den Job genauso gehasst wie ich und kurz vor mir gekündigt.« Pennys Gesichtsausdruck verändert sich, als falle ihr noch etwas anderes ein. »Warte mal. Du hast in dieser Fernsehshow irgendetwas von einem an die Wand geworfenen Telefon erzählt. Vor ein paar Tagen habe ich einen Clip gesehen, und du hast eine Bemerkung darüber gemacht, als du das Salatgetümmel oder so was verloren hast.«

Ich stöhne auf. »Hey. In der Show gab es kein Salatgetümmel. Bei einem Salatgetümmel hätte ich nicht mitgemacht.« Vorsichtshalber merke ich mir den Namen für Tina, falls sie mal eine Band gründet. »Aber ja, die Produzenten haben gefragt, ob ich mich nach meiner Niederlage beim Bruschetta-Battle, oder wie auch immer das hieß, geärgert habe. Das Gefühl kam allerdings nicht annähernd an das heran, was ich empfunden habe, als ich einsehen musste, dass ich dich nicht mehr erreichen kann.«

Zarte Finger fahren über meinen Nacken. Dann spüre ich ihre Hände in meinem Haar, und ihre Lippen sind den meinen gefährlich nah, als sie sagt: »Es tut mir leid, dass ich die Sache mit dem ›Sexiest Chef alive‹ ausgepackt habe, um dir wehzutun. Ich war verletzt und habe die Krallen ausgefahren. Verzeihst du mir?«

»Es gibt nichts zu verzeihen«, antworte ich, denn solange ich ihre Hände auf meinem Körper spüren kann, ist die Welt in Ordnung.

Verführerisch lächelt sie mich an. »Außerdem bist du nun mal sexy. Könntest du jetzt also bitte aufhören zu reden und mich einfach küssen?«

Das kann ich.

Langsam hebe ich eine Hand und fahre mit dem Daumen über ihre Unterlippe. Sie erbebt. Alle Worte sind vergessen, und ich will nur noch eins – sie berühren. Ihre Lippen öffnen sich, und ihr Atem streicht zart wie eine Feder über meine Finger. So fühlt sich Erwartung an. Unermessliche Begierde.

Penny. Ich hatte sie verloren, doch jetzt ist sie wieder da. Meine Lippen berühren die ihren, und die Welt steht still. Einen Herzschlag lang will ich mich nicht bewegen. Will nur diesen einen Augenblick genießen – diesen Moment vollkommener Perfektion, als ich sie wieder küsse.

Nach unserem Abschied habe ich mich wochenlang, monatelang nach ihr verzehrt. Mich immer wieder gefragt, wie es möglich sein kann, dass wir nur drei Tage und Nächte miteinander verbracht haben und doch die Sehnsucht nach ihr so tief in meiner Seele und meinem Herzen verankert ist. Als ihre Lippen mit meinen verschmelzen und ihre Finger durch meine Haare fahren, weiß ich die Antwort.

Es ist das Gefühl ihrer Haut unter meinen Fingerspitzen, die Liebkosung durch ihre Lippen, sanft und zärtlich. Es ist die Art, wie sie sich mir öffnet und ihr Körper mich willkommen heißt.

Wir passen zueinander, als wären wir füreinander gemacht.

Wir sind die Liebenden, die andere neidisch machen. Wir sind diejenigen, die so unglaublich eng miteinander verbunden sind, dass alle auch diesen Zustand haben wollen. Ich hatte es schon gespürt, als wir uns damals kennenlernten. An jenem ersten Abend, an dem sie mit zu mir gekommen ist. Und als ich sie das erste Mal geliebt habe, bestand kein Zweifel mehr.

Penelope Jones macht mich verrückt. Einfach, weil sie ist, wie sie ist.

Meine freie Hand streicht über ihre Hüfte, und ich ziehe sie an mich, bis uns nichts mehr trennt. Ihr schlanker Körper passt sich dem meinen an, und mir wird noch einmal klar, warum Penny mich schon in der Sekunde, als sie vorgestern mein Restaurant betrat, in ihren Bann gezogen hat. Weil es vor zehn Jahren eine Frau gab, die sich unauslöschlich in meinen Geist eingebrannt hat. Und jetzt, als sie sich an mich schmiegt, erinnert sich mein Körper an sie.

Penny stöhnt leise auf, und es ist, als fiele ein Streichholz auf ausgedörrtes Gras. Die Funken in mir schlagen hoch, weil heiße Lust durch meine Adern strömt. Und nicht nur durch meine Adern. Ich will sie. Ich brauche sie so sehr, dass es wehtut. In meinem Kopf dreht sich alles, und das Begehren, das sich über die Jahre angestaut hat, macht mich schwindlig. Aus der schwachen, blauen Flamme, die ich zuletzt kaum noch bemerkt habe, ist plötzlich wieder ein Strom aus glühend heißer Lava geworden.

KAPITEL NEUN

Penny

Ich spüre keinen Boden mehr unter den Füßen. Die Schwerkraft wirkt nicht mehr auf mich. Ich fliege, falle, schwebe.

In meinem Gehirn kommt es zum Kurzschluss, als Gabriel mich küsst. Seine Lippen sind gleichzeitig so herrlich vertraut und so wunderbar neu. Mein ganzer Körper brennt förmlich. *Mein ganzer Körper.* Keine einzige Stelle bleibt von diesem Kuss unberührt. Er zehrt mich auf, im wahrsten Sinne des Wortes. Mein Gehirn wird von Endorphinen überflutet, mein Herz zerspringt beinahe vor Glück, und mein Körper schmerzt schon fast vor lustvollem Verlangen.

Ich streiche mit den Fingern durch sein Haar. Und ja, es ist weicher als in meiner Erinnerung. Es ist zudem dicht und voll, und ich kann nicht aufhören, es anzufassen. Ich kann nicht aufhören, Gabriel zu küssen. Ich will diese Verbindung keine Sekunde lang unterbrechen, jetzt, da wir sie endlich wieder aufgebaut haben.

So viele Nächte habe ich davon geträumt, ihn noch einmal küssen zu können, auch wenn ich mich dagegen gewehrt habe. Und doch hat er mich immer wieder zu später Stunde im Reich der Fantasie heimgesucht. Hoffnung war die größte Qual, und sie hat schrecklich lange angehalten.

Und alles, was ich mir jemals erhofft hatte, war *das hier.* Dass er mich wieder begehrt.

Er vertieft den Kuss, seine Lippen erobern mich, sein Mund ergreift von mir Besitz. Nähe ist alles, was ich will, und er gibt sie mir. Sein schlanker, großer Körper umfängt mich, seine Brust ist fest an mich gepresst, seine Erektion hart wie Stein an meiner Hüfte. Ich weiß kaum noch, wo ich bin, ob wir allein sind, ob es Tag oder Nacht ist. Alles, wonach es mich drängt, ist, dass er mich noch einmal nimmt, mich liebt.

Ich will, dass er mich auszieht, mich am ganzen Körper küsst, will spüren, wie seine Lippen über meine Oberschenkel hinab zu den Kniekehlen wandern, er mir sanft in den Knöchel beißt und dann der Spur wieder nach oben folgt, bis zwischen meine Beine.

Mit meinem Mund auf dem seinen stöhne ich laut auf, als ich spüre, wie mein Höschen feucht wird. Er nimmt den Klang in sich auf, und er ist unersättlich, küsst mich mit animalischer Begierde. Ich glaube, wir sind so nah am Höhepunkt wie zwei Menschen, die sich küssen, es nur sein können. Mit ziemlicher Sicherheit haben wir bereits jetzt jede Grenze des öffentlichen Anstands überschritten, und doch presse ich meinen Körper noch fester gegen den seinen.

Zum Glück sind wir in New York, und es interessiert niemanden, wie wir ineinander verschlungen auf dem Gehweg stehen und ich in dem Wunsch, dass sein harter Schwanz endlich dieses heiße Sehnen tief in mir erfüllt, meine Hüften an ihm reibe. Mein Körper ist gleichzeitig leer und voller Verlangen, und ich will nichts mehr, als dass er mich wieder in dieses Gefühl der vollkommenen Ekstase versetzt, die ich nur mit ihm erfahren habe.

Er könnte mich gleich hier an diesem Zaun nehmen, ich würde mitmachen. So sehr will ich ihn. Ich bin kurz davor, den Kuss zu unterbrechen und ihn atemlos zu bitten, mich mit zu sich nach Hause zu nehmen, als das ferne Bellen eines Hundes durch den Schleier meiner Lust zu mir durchdringt.

Für einen Moment öffnen sich meine Lider, und ich sehe eine ältere Dame, die einen Papillon spazieren führt. Der kurze Augenblick reicht aus, um mein Verantwortungsbewusstsein zu wecken.

»Shortcake«, murmele ich und versuche, mich aus Gabriels Umarmung zu lösen.

»Hmmm?« Sein Gesicht ist erhitzt, und in seinen Augen steht ein dunkler Glanz.

»Mein Hund. Ich muss nach Hause und sie rauslassen. Sie ist schon seit Stunden allein.«

Es dauert ein paar Sekunden, bis die Worte zu ihm durchdringen, aber dann nickt er. »Natürlich. Ich verstehe.«

Irgendwie schaffen wir es, unsere vollständig bekleidete Sex-Position aufzulösen, und ich glätte mit der Hand erst mein Shirt, dann meine Haare.

»Penelope.« Seine Stimme ist tief und rau.

»Ja?«

»Ich lasse dich nicht noch einmal gehen.« Er fährt sich mit der Zunge über die Lippen, dann sagt er: »Penny«, als müsse er sich erst an den Namen gewöhnen.

Ohne mein Zutun breitet sich ein Lächeln auf meinem Gesicht aus. Wahrscheinlich könnte ich auf einem Werbeplakat für Zahnpasta erscheinen. »Nicht?«

Er schüttelt den Kopf, und seine bernsteinfarbenen Augen brennen sich in die meinen. »Auf. Keinen. Fall.«

Er nimmt meine Hand und deutet auf den Gehweg. »Ich bringe dich nach Hause. Dann küsse ich dich noch einmal auf der Treppe vor deiner Wohnung. Und morgen sehen wir uns wieder.«

Mein Lächeln ist jetzt so breit wie der Hudson River. »Ach ja? Ist das ein Befehl?«

Lachend setzt er sich in Bewegung. »Vielleicht. Auch wenn ich mir ziemlich sicher bin, dass er uns beiden gefällt. Aber warum verstehst du es nicht eher als eine …« Er hält inne und sucht nach dem richtigen Wort. »… eine Erklärung meiner Absichten.«

Glückseligkeit überflutet meinen Körper und meine Seele. Mit Worten konnte er schon immer gut umgehen. Fest drücke ich seine Hand. »Diese Absichten kann ich teilen. Unbedingt.«

Als wir vor meiner Haustür ankommen, erfüllt er sein Versprechen und küsst mich mit so viel Gefühl, wie mich seit damals nie mehr jemand geküsst hat. Sanft streichen seine Lippen über meinen Hals und hauchen Zärtlichkeiten auf meine Haut, bis er flüstert: »Ich will dich. Aber Shortcake braucht dich. Kann ich mich eurem Spaziergang anschließen, bevor ich Gute Nacht sage? Ich würde sie so gern kennenlernen.«

Und in diesem Augenblick ist es endgültig mit mir vorbei. Er will meine Süße kennenlernen.

In Rekordgeschwindigkeit renne ich die Treppe hoch, um sie anzuleinen, und stehe eine Minute später wieder bei Gabriel auf dem Gehweg. Mein kleines Fellbaby bellt Gabriel einmal an, doch als er in die Hocke geht, um ihr Hallo zu sagen, entschließt sie sich, ihn lieber mit Hundeküssen zu bedecken.

»Na, du bist ja eine bezaubernde junge Dame«, sagt er zu meiner Hündin, was ihm noch einen feuchten Kuss einbringt. »Jetzt verstehe ich, warum ihr Verkaufsargument dich so überzeugt hat.«

Wir laufen durch Manhattan, und während Shortcake das Gras und die Bäume unseres Blocks beschnüffelt, als täte sie das zum ersten Mal, unterhalten wir uns und füllen die Lücke der letzten zehn Jahre. Wir reden über die Restaurants, die Gabriel jetzt leitet, darüber, wie er es letztendlich doch noch geschafft hat, in die Vereinigten Staaten zu kommen und in Miami, wo sein Cousin lebt, sein erstes Restaurant zu eröffnen. Er erzählt von seiner Freundschaft mit seinem Business-Manager, der auch Franzose ist.

Als ich an der Reihe bin, berichte ich, wie ich erst als freiwillige Helferin im Tierheim angefangen und dann begonnen habe, Fördergelder zu beantragen und schlussendlich zur Leitung aufgestiegen bin. Ich erzähle von Delaney und dass sie meine beste Freundin und erbittertste Verteidigerin ist, und er versichert mir, er werde alles tun, was in seiner Macht steht, um sie niemals zu verärgern.

Dann bedankt er sich bei mir dafür, dass er uns bei unserem Spaziergang begleiten durfte.

Wenn ich ihm nicht bereits während des Abendessens erneut verfallen wäre, so wäre es jetzt um mich geschehen. Spätestens als wir wieder an meiner Haustür ankommen, er sein Handy aus der Tasche zieht und mir beim Tippen vorliest, was er gerade schreibt. »An PennyJones@gmail. Würdest du morgen Abend mit mir ausgehen? Abendessen? Free Climbing? Trapezunterricht? Livekonzert und Tanzen?« Dann hebt er den Kopf und wischt mit einer überschwänglichen Bewegung über sein Display. »Verschickt.«

Ich hole mein Handy aus der Tasche, klicke das Briefsymbol an und drücke auf Antworten. »Ja. Letzteres, bitte.«

»Genau die richtige Antwort«, sagt er und gibt mir einen Abschiedskuss. Ein Abschied nur für eine Nacht.

Den ganzen Weg die Treppe hoch schwebe ich auf einer Wolke.

KAPITEL ZEHN

Penny

Meine Turnschuhe knirschen auf dem unbefestigten Weg durch den Central Park.

»Ich hab's dir doch gesagt.«

Der selbstzufriedene Kommentar kommt von Nicole, Teil meines Laufteams am nächsten Morgen. Neben ihr trabt Rudy, ihre Irish-Setter-Mischlingshündin. Zu meiner anderen Seite läuft Delaney, ihr blonder Pferdeschwanz peitscht hin und her. Und an der Spitze des Rudels rennt Shortcake, die als Schnellste und Mutigste der ganzen Crew vorgelaufen ist.

»Was genau hast du ihr gesagt, du unser Orakel der Beziehungsweisheiten?«, will Delaney wissen, während wir die Spitze des Reservoirs umrunden und die blassrosa Morgensonne unseren Pfad erhellt.

»Die Theorie des verlorenen Rings«, erklärt Nicole. »Sie trifft genauso auf Gabriels zerstörtes Handy zu.«

Mit hochgezogener Augenbraue schaue ich zu ihr hinüber. »Wie das?«

»Na ja, als ich damals den Ring verloren habe …«, setzt sie an und nimmt die Leine ihrer Hündin etwas kürzer, weil sich ein grauhaariger Mann mit einem Pudel nähert. »Ruby ist Pudelhasserin«, erklärt sie im Flüsterton. »Keine Ahnung, warum. Aber egal. Also, als ich den Verlobungsring von Greg verloren habe, bin ich echt ausgerastet.«

»Verständlich«, sage ich, während Shortcake den Pudel mit dem schwarzen Fell hechelnd vorbeiziehen lässt. Shortcake ist keine Pudelhasserin.

»Seinen Verlobungsring zu verlieren ist wohl einer der wenigen akzeptablen Gründe, so richtig auszurasten. Sonst darf man das nur, wenn man sein erstes graues Haar entdeckt oder beim Spinning-Kurs seine Tage kriegt.« Nach einer kurzen Pause füge ich hinzu: »Ich habe übrigens noch keine grauen Haare. Aber wenn ich welche kriege, raste ich aus.«

Delaney hebt die Hand und gibt mir ein High-five. »Ich bin dabei. Aber danach renne ich sofort zum Friseur und lasse mir die Haare färben.«

»Ich bin also voll ausgetickt«, fährt Nicole fort, »und habe mir tausend Entschuldigungen überlegt, die ich bei Greg zu meiner Verteidigung hätte vorbringen können.«

»Und was waren so deine Optionen?«

»Zuerst habe ich gedacht, ich sage ihm, ich hätte einem Obdachlosen einen Burrito geschenkt und der Ring wäre mir vom Finger gerutscht und in seinen Becher gefallen.«

»Und dann ist dir eingefallen, dass du gar keine Burritos isst?« Delaney stößt Nicole in die Seite.

Nicole lacht und tippt sich an die Nase. »Ganz genau. Meine zweite Ausrede war, dass ich ihn im Fitnesscenter beim Schwimmen verloren habe.«

Jetzt bin ich dran, sie zu schubsen. »Aber dann hast du dich daran erinnert, dass du Schwimmen als Sport ablehnst und nur zur Entspannung badest. Und auch das nur in einem Infinity-Pool, vorzugsweise mit Aussicht über die Klippen von Los Cabos.«

»Richtig«, sagt Nicole. »Dann habe ich mit dem Gedanken gespielt, ihm zu sagen, ich sei ausgeraubt worden. Dass jemand in meine Wohnung eingebrochen ist und den Ring gestohlen hat.«

»Und am Ende hast du nichts davon erzählt, oder?«, frage ich, als wir uns dem Ende unserer morgendlichen Runde nähern und das Tempo verlangsamen.

»Genau. Weil das Ding nämlich in Wahrheit einfach in den Abfluss gefallen ist. Und manchmal, wenn wir versuchen, uns dramatische Geschichten zu dem auszudenken, was falsch gelaufen ist, hört es sich noch lächerlicher an als die Wahrheit.«

Mein Atem geht immer noch schnell, und eine Schweißperle läuft mir im Sport-BH zwischen den Brüsten nach unten. Ich wende mich meinen Freundinnen zu. »Und was willst du jetzt damit sagen? Wenn mich nicht alles täuscht, hast du doch nach dieser Geschichte mit dem verlorenen Ring entschieden, dass ihr nicht zum Heiraten bestimmt seid, und hast die Verlobung aufgelöst, oder?«

»So ist es«, sagt Nicole, während wir unsere Schritte zu einem gemütlichen Gehen verlangsamen. »Es sollte einfach nicht sein. Und deshalb glaube ich, das Schicksal hat dafür gesorgt, dass der Ring im Abfluss verschwindet.«

»Heißt das, das Schicksal hat Gabriel dazu gebracht, sein Handy kaputt zu machen?«

Nicole nickt. »So ist es. Die Wahrheit ist vertrackt und doch oft so einfach. Es gibt keinen Hund, der unsere Hausaufgaben frisst. Wir haben vielmehr vergessen, sie zu machen. Oder lassen einen Ring in den Abfluss fallen. Oder werfen unser Handy an die Wand, weil wir so sauer sind, dass wir nicht nach Amerika fliegen und die Frau wiedersehen können, in die wir uns verliebt haben«, erklärt sie und wirft mir einen wissenden Blick zu.

»Ist das jetzt Schicksal oder die Wahrheit?«

»Vielleicht ist das ein und dasselbe«, schlägt Delaney vor. »Vielleicht war es Schicksal, dass du ihn nicht wiedersehen solltest, und so wie das Schicksal für Nicole die Form eines verlorenen Rings angenommen hat, wurde es für Gabriel und dich zu einem kaputten Telefon.«

»Soll das heißen, sein kaputtes und mein nicht mehr funktionierendes Handy waren Zeichen, dass wir uns damals einfach nicht wiedersehen sollten … und heute auch nicht? Oder bedeutet es, das Schicksal hat diesmal die Form eines Charity-Events angenommen, das ohne sein Restaurant nicht stattfinden kann?«

Delaneys Mund verzieht sich zu einem Lächeln. »Ich schätze, das musst du noch herausfinden.«

* * *

Nichts könnte besser zu einem Glas Rotwein in einer dunklen Nische passen als dieser Ort heute Abend.

Die roten Samtvorhänge an den Wänden und die schummrige, verrauchte Beleuchtung verleihen dem Club in SoHo, in dem die Band spielt, eine sinnliche und verführerische Atmosphäre. Die Musik ist unwiderstehlich, und die Stimme des Sängers könnte Schokolade zum Schmelzen bringen. Nur der Name bringt mich zum Lachen – *Pizza for Breakfast.*

»Woher kennst du die Band?«, frage ich Gabriel während einer kurzen Pause zwischen zwei Songs. Schon den ganzen Abend über kann er die Finger nicht von mir lassen. Seine Hände streichen über meine Hüften. Meine Arme. Mein Haar. Seine Berührungen machen mich verrückt. Es fühlt sich an, als hätte er mich unter Strom gesetzt, und die Funken fliegen.

»Meine Nachbarin steht auf sie«, antwortet er. »Sie hat früher rund um die Welt im Symphonieorchester Cello gespielt, und jetzt ist sie einer dieser Menschen, die ständig coole neue Musik aufstöbern.«

»Hört sich an, als würde ich sie mögen. Die Band mag ich jedenfalls schon mal sehr.« Ich trinke den letzten Schluck meines Weins und stelle das Glas auf der Bar ab.

Gabriel spannt den Arm an, der um meine Schultern liegt, und zieht mich näher zu sich heran. »Zwei von drei. Nicht schlecht für einen Abend.«

Fragend hebe ich eine Braue. »Zwei von drei was?«

»Dingen, die dein Leben lebenswert machen. Wein, Musik und Hunde.« Er hält kurz inne, dann fügt er hinzu: »Und dann natürlich noch Dessert. Nicht, dass ich das vergessen hätte.«

Ein Prickeln läuft von meiner Brust durch meinen Bauch nach unten wie ein Komet, der über den Nachthimmel zieht. Einfach nur, weil er zugehört hat. Weil er sich daran erinnert hat. »Dessert gibt es ja vielleicht später noch. Für den Moment würde es vollkommen ausreichen, wenn es in diesem Club ein paar Welpen zum Knuddeln gäbe«, scherze ich.

Er lacht. »Die Geschäftsidee müssen wir dem Manager stecken.«

Dann haucht er einen schnellen Kuss auf meinen Hals, und ein Zittern läuft durch meinen Körper. Ich lege den Kopf zur Seite, sodass unsere Münder sich treffen, und flüstere: »*Mehr!*«, bevor ich seine Lippen mit den meinen streife. Gabriel murmelt etwas, und das Geräusch verwandelt sich in ein kehliges Grollen, das ich in seiner Brust spüren kann, als ich den Kuss vertiefe. Ein Schauer der Erregung durchläuft mich, diesmal ausgelöst durch seine Reaktion. Durch das Wissen, dass ich ihm das angetan habe.

In gewisser Weise fühlt es sich, wenn ich mit Gabriel zusammen bin, an, als sei gar keine Zeit vergangen. Hier stehen wir und sind völlig ineinander versunken, nichts hat sich verändert. Der körperliche Teil ist genauso einfach wie damals, die Anziehung so unmittelbar und heftig wie am ersten Tag.

Und doch liegt ein Jahrzehnt zwischen uns, und sosehr ich mir auch wünsche, diese Hände heute Nacht noch ein wenig intensiver zu spüren, will ich auch diesen Mann vor mir besser kennenlernen.

Irgendwie schaffe ich es, den Kuss zu beenden, und Gabriel lässt ein scherzhaftes Winseln erklingen. »Das war schrecklich ungerecht, so mit mir zu spielen«, sagt er, während seine Hände über meine Arme hinunter zu meinen Hüften wandern.

»Erzähl mir von deinen drei Dingen«, sage ich und klopfe ihm leicht auf die Brust. »Was macht das Leben für dich lebenswert?«

»Mal überlegen«, erwidert er und starrt an die Decke. Sein Akzent klingt plötzlich stärker hervor. Ich frage mich, ob er wohl auf Portugiesisch denkt und in welcher Sprache er träumt. Ob er zu den ersten Sprachen zurückkehrt, die er je gehört und gesprochen hat, wenn er tief in Gedanken verloren ist oder sich von der Lust davontragen lässt. Und vor allem, ob er noch auf Französisch kommt, so wie früher. Es war wahrscheinlich mit das Heißeste an ihm, wie er unanständige Sachen in seiner Muttersprache gestöhnt hat, wenn er sich dem Orgasmus näherte. Entschlossen verdränge ich die lustvollen Gedanken, um seiner Antwort zuzuhören.

Er richtet seinen Blick wieder auf mich. »Zuerst wären da wohl schöne Tattoos.«

»Deine sind wunderschön. Und du hast ein paar neue«, sage ich und streiche mit den Fingern über seinen kunstvoll verzierten Unterarm. Dann zeichne ich mit der Fingerspitze eine schwarze Linie nach. »Dieses Tribal-Armband – seit wann hast du das?«

»Seit ein paar Jahren. Es steht für Familie.«

Ich lächle sanft. »Passt zu dir«, entgegne ich und denke daran, wie er seine Eltern mittlerweile unterstützt. »Ich finde es toll, dass du dich so um deine Familie kümmerst.«

»Ja, ich hatte wirklich Glück. Und bin sehr dankbar, dazu in der Lage zu sein.«

»Und das hier?« Ich fahre über eine kreisförmige Zeichnung.

»Die Sonne. Für das Schicksal. Ich habe es mir kurz nach unserem Abschied stechen lassen, als Erinnerung daran, dass ich weitermachen und auch dann an meine Zukunft glauben muss, wenn alles um mich herum zusammenbricht.«

»Du hast darauf vertraut.«

»Ja, natürlich.«

»Okay, dann hätten wir schöne Tattoos. Was sind die anderen Dinge?«, kehre ich zur ursprünglichen Frage zurück.

»Das Zweite sind Reisen an fremde Orte. Neue Länder und Städte zu erkunden und andere Kulturen oder Völker kennenzulernen.«

Es ist, als spräche er meine Sprache, denn genau diese Dinge liebe ich auch. »Ja. Das ist unglaublich aufregend, oder?«

»Auf jeden Fall.« Er holt tief Luft. »Und dann, was wäre da noch …« Er legt den Kopf schief, als mustere er mich. Als er die rechte Hand hebt, um mir das Haar aus dem Gesicht zu streichen, habe ich das Gefühl, er findet die Antwort in mir. Gabriel senkt die Stimme und sieht mich bedeutungsvoll an. »Deine Augen.«

»Ach, hör auf«, sage ich und erröte, da seine Charmeoffensive mir die Hitze in die Wangen treibt.

»Das meinst du nicht so, Penny. Du willst eigentlich gar nicht, dass ich aufhöre.« Keine Sekunde wendet er seinen intensiven Blick ab, und es fühlt sich an, als wäre alles um uns herum in Dunkelheit versunken, und nur wir stehen noch im Scheinwerferlicht.

Atemlos schüttle ich den Kopf und antworte: »Nein, das will ich absolut nicht.«

Sein Griff um meine Hüfte wird fester, und mit dem Daumen einer Hand streicht er über mein Kinn. Quälend langsam kommt er noch etwas näher, und mit einem köstlichen Schauer spüre ich durch die Jeans seine Erektion.

»Gabriel«, flüstere ich mit einem Stöhnen.

»Was ist, Penny?«

»Ich glaube, wir sollten –«

Plötzlich dröhnt eine Rückkopplung durch den brechend vollen Club, und mein Blick schießt hinüber zur niedrigen Bühne. Der Sänger räuspert sich und spricht ins Mikrofon. »Hallo zusammen! Vielen Dank, dass ihr heute Abend alle hier seid. Wir haben einen neuen Song, den wir gern für euch spielen möchten, weil ihr ein so hervorragendes Publikum seid. Es wird jetzt allerdings ein bisschen langsamer.«

Während der Gitarrist den ersten Akkord anstimmt, blicke ich Gabriel an. »Tanz mit mir.«

»Ich dachte schon, du würdest niemals fragen.«

Wir gehen ein paar Schritte in den Raum hinein, und ich schlinge meine Arme um seinen Nacken. Gabriel verschränkt die Hände über meinem Hintern. Dann packt er auf eine erotische Weise zu.

Ich keuche auf.

»Was wolltest du vorhin sagen? Ich glaube, wir sollten ...?«, fragt er mich aufreizend, während der Sänger einen Song anstimmt, den man fast schon eine Ballade nennen könnte.

Ich hebe eine Augenbraue. »Du weißt, was ich sagen wollte.«

Gabriel schüttelt den Kopf, während wir tanzen. Wir sind uns so nah, so verbunden. Ich kann das Verlangen nach ihm bis ins Mark spüren. »Nein, sag es mir.«

»Ich weiß auch nicht, irgendwie wird es jedes Mal, wenn wir zusammen sind, gleich sittenwidrig.«

Er presst seine Lenden an mich, und ich spüre durch unsere Kleider, wie hart sein großer Schwanz ist.

»*Fast* sittenwidrig?«, fragt er und sieht mich mit herausfordernd hochgezogener Augenbraue an. »Nur fast?«

Feuer rast durch meinen Körper und sammelt sich zwischen meinen Beinen. Ich will ihn so sehr, dass es schmerzt. »Okay.« Ich hole Luft. »Es ist auf jeden Fall sittenwidrig, wie hart du bist und wie feucht mich das macht«, sage ich, und seine Augen werden groß, als hätte mein Mut ihn überrascht.

Fast kann ich ihn knurren hören, als er sich über mich beugt. »Es ist sittenwidrig, wie sehr ich dich jetzt ficken will«, flüstert er mit rauer Stimme.

Ich explodiere.

Es ist so heiß, dass er *ficken* sagt.

Denn genau das ist es, was ich jetzt brauche.

Wir tanzen weiter, fest aneinandergepresst, inmitten all dieser anderen Körper. Unsere Hüften kreisen, reiben sich aneinander. Ich bin mir jedes Details seines Körpers bewusst – die Hitze seiner Haut, das Kratzen der Bartstoppeln, der stahlharte Druck seiner Erektion an meinem Körper. Die grenzenlose und vollkommene Lust, die er für mich empfindet und die ein Spiegel meiner eigenen Empfindungen ist.

Ja, es ist ein Jahrzehnt vergangen. Vielleicht haben wir uns beide verändert, sind erwachsen geworden. Aber manche Dinge sind noch genauso wie damals. Die Chemie, die in Barcelona zwischen uns stimmte, ist in New York noch viel stärker.

»Was aber wirklich sittenwidrig wird, ist, wie sehr ich dich quälen werde«, verkündet er mit einem feurigen Lodern in den Augen.

»Warum solltest du mich quälen?« Solange er mitten auf der Tanzfläche seinen Ständer an mir reibt, kann ich nicht denken. Ich will es auch nicht. Nie wieder. Mit ihm will ich alles nur fühlen.

Er senkt den Kopf und haucht mir einen Kuss auf die Halsgrube. Ich winde mich unter der sinnlichen Berührung. Dann arbeitet er sich mit den Lippen meinen Hals hinauf, und ich bin mir nicht sicher, ob ich mich jemals von dieser Art der Zuneigungsbekundung erholen werde. Ich will es auch gar nicht.

»Weil«, knurrt er, »ich dir zeigen will, dass du jede Sekunde des Wartens wert bist.«

Alles in mir spannt sich an, als ich die Bedeutung seiner Worte erfasse. Er will sich mir beweisen. Theoretisch gefällt mir diese hehre Absicht. Praktisch schreit mein Körper schon jetzt: *Nimm mich sofort!*

»Du bist furchtbar«, sage ich.

In seinen Augen blitzt der Schalk. »Ich weiß. Aber in ein paar Minuten ist es nicht mehr so schlimm.«

Er ergreift meine Hand und zieht mich von der Tanzfläche den Flur hinunter. Die Musik wird leiser, als wir um eine Ecke biegen, und er öffnet die Tür zu einer Toilette. Drinnen sehe ich mich um. Es ist ein einzelner Raum, eine dieser abgeschlossenen Club-Kammern, die für Unanständigkeiten wie geschaffen sind. Dunkel und sexy, mit schwarzen Fliesen und blauem Licht. Fick mich!, schreit der Raum.

Gabriel schließt die Tür ab und drängt mich gegen eine Wand, bis ich nicht mehr ausweichen kann. Ich liebe seine Härte. In Barcelona war er sanfter, aber jetzt sind die Samthandschuhe Vergessenheit. Ich bin keine Jungfrau mehr und ich sehne mich danach, dass er von mir Besitz ergreift.

Eine Hand gleitet über meine Hüfte hoch zu meinen Brüsten, dann hinter meinen Kopf, und ich erbebe unter seiner Berührung. Er umfasst meinen Nacken und hält mich fest. »Und? Fühlt sich das sittenwidrig an, Penny?«, fragt er, während er mit der anderen Hand langsam unter mein Shirt fährt. Das Beben verwandelt sich in ein heftiges Erschauern, als seine Finger meine nackte Haut berühren.

»Sehr sittenwidrig«, stöhne ich und presse meine Hüften an ihn.

»Lass mich mal sehen«, sagt er und bewegt seine Hand zum Knopf meiner Jeans.

Ich atme scharf ein, als seine Finger mit mir spielen und er den Knopf langsam öffnet. Mein Herz schlägt wie wild. Als er den Reißverschluss öffnet, kann ich fast nicht mehr an mich halten. Himmel, er zieht mich nur aus, und ich komme beinahe schon!

Diesen Gedanken sollte ich nicht für mich behalten, also spreche ich ihn aus. »Ich glaube, ich komme schon allein davon, wie du mich ausziehst …«

Er stöhnt auf, und sein Mund verzieht sich zu einem anzüglichen Grinsen. »Und das ist nur der Anfang.«

»Dann hör jetzt bitte nicht auf.«

»Niemals«, erwidert er, seine Stimme rau und fordernd. Ich hatte recht mit dem Akzent. Er ist jetzt stärker, als ob der Instinkt seinen Verstand ausschaltet. Wir bestehen nur noch aus Lust, Feuer und Begierde.

Seine Finger gleiten in meine Jeans, reiben über die Außenseite meines Slips, vorsichtig, spielerisch, neckend. Er hat mich noch nicht mal richtig angefasst, und ich habe das Gefühl, zu sterben, wenn er mich nicht dort berührt, wo ich ihn haben will.

»Fass mich an«, wimmere ich und drücke meine Hüften nach vorn, während ich mich an seinen Schultern festklammere. »Ich flehe dich an!«

Er küsst mich sanft. »Mich wirst du niemals bitten müssen. Ich will dich immer und immer wieder ficken.«

»Aber du hast gesagt, du lässt mich warten.«

Als seine Hand wieder zwischen meine Beine gleitet und seine Finger über den nassen Stoff meines Höschens fahren, flüstert er kehlig: »Ich kann dich auch anders ficken.«

Lust hüllt mich ein. Nimmt mich vollständig in Besitz. Ich bestehe nur noch aus dem einzigen übermächtigen

Wunsch zu kommen. »Machs mir mit den Fingern …« Jetzt flehe ich ihn doch an, aber es ist mir egal. »Ich brauche dich so sehr. Bitte!«

Endlich erlöst er mich aus meinem köstlichen Elend, und ich stöhne auf, als seine Hand in meinen Slip gleitet. »O Gott. O mein Gott!«

Seine Schultern beben, und er presst sich an mich, während seine Finger einen schnellen, himmlischen Rhythmus finden und er jeden Zentimeter meiner feuchten Hitze in Besitz nimmt. Ich verliere den Verstand, als er über meine geschwollene Klit reibt.

Meine Augen sind geschlossen, mein ganzer Körper steht in Flammen.

Wildes Stöhnen und unzusammenhängende Worte entkommen meinen Lippen. Und den seinen.

Ja, bitte. Du bist so heiß! Komm für mich.

Darum muss er nicht zweimal bitten.

Gleich bin ich so weit. Ich war schon auf der Tanzfläche kurz davor. Und noch näher dran, als er mich hier an die Wand gepresst hat. Jetzt stehe ich kurz vor der Explosion. Während er mit einem Finger mit meiner Klitoris spielt, dringt er mit einem zweiten tief in mich ein, und ich presse mich gegen seine Hand, will mehr von ihm spüren. Ich bin so in Ekstase, dass ich nicht mehr weiß, wo wir sind. Meine Knie geben nach, und Gabriel hält mich fest, damit ich nicht falle. Innerhalb von Sekunden fließen all diese sinnlichen Empfindungen zusammen, türmen sich auf, und ich zerspringe in tausend Stücke. Ertrinke in einem Feuerwerk ungeheurer, herrlicher Lust.

Und ich bin nicht leise.

Ich schreie und ich stöhne und ich rufe Gabriels Namen, und die Hand, die meinen Hinterkopf gehalten hat, legt sich auf meinen Mund, um die lautesten Schreie zu dämpfen. Wellen der Lust überfluten jeden Winkel meines Körpers. Ich keuche und wimmere, und als ich endlich irgendwie die Kraft finde, die Augen wieder aufzuschlagen, grinst er mich an, als hätte er ein schmutziges Geheimnis.

Dann nimmt er die Hand von meinem Mund.

»Du bist sogar noch schöner als in meiner Erinnerung«, sagt er dann liebevoll.

»Ach ja?«

Er nickt. »Ja. Vor allem, wenn du kommst.«

Benommen lächle ich. »Ich schätze, das war dann wohl der Nachtisch.«

Er grinst wieder. »Dann wären wir ja schon bei drei von vier.«

»Jetzt bin ich dran«, sage ich und strecke die Hand nach ihm aus. Aber als ich über seine Erektion streiche, schüttelt er den Kopf.

»Nein. Ich will uns beide noch ein bisschen quälen.«

Und als ich an diesem Abend nach Hause gehe, will ich ihn mehr als je zuvor.

KAPITEL ELF

Gabriel

Am nächsten Abend gehen wir ins Museum of Modern Art. Während wir zwischen den Gemälden hin und her schlendern, sprechen wir über all die Orte, an denen wir gewesen sind oder die wir gern noch sehen würden.

»Wenn du es dir aussuchen könntest, welchen Ort der Welt würdest du dir als Nächstes ansehen?«, frage ich, als wir vor einem Magritte stehen bleiben.

Sie antwortet nicht gleich, sondern beißt sich nachdenklich auf die Lippe. Dann sagt sie: »Kyoto, wegen der Tempel. Oder Prag, weil es klingt wie eine Stadt aus dem Märchen. Und die Malediven, wenn ich mal irgendwo hinwill, wo man mich nicht findet.«

Ich höre ihr zu, verstaue die Antworten sicher in den Schubladen meines Gedächtnisses, die sich jetzt wieder für sie geöffnet haben. Es ist, als wäre ich über ein lange verloren geglaubtes Fotoalbum gestolpert, aber plötzlich ist es voller neuer Seiten, neuer Bilder und neuer Erinnerungen. »Warum willst du denn fliehen, Penny?«

Sie schüttelt den Kopf, während wir um eine Ecke gehen. »Will ich ja gar nicht. Jedenfalls nicht mehr. Aber wenn, dann will ich in einer dieser idyllischen Hütten direkt über dem Meer sitzen«, sagt sie und macht eine ausladende Geste. Ihre Augen leuchten. »Weißt du, welche ich meine?«

Ich nicke und stelle mir eine Reise auf eine einsame Insel mit ihr vor. »Wo der Strand wie aus Zucker ist und der Himmel sich in endlosem Blau über das kristallklare Wasser erstreckt.«

Sehnsuchtsvoll seufzt sie auf. »Ja. Genau da. Kommst du mit?«

Ich lege ihr einen Arm um die Taille. »Mit dir fahre ich überall hin.«

Und dann küsse ich sie, lange und auffordernd, direkt vor einem Kandinsky. Penny schmeckt nach Karamell und Erinnerungen und all meinen schmutzigen Fantasien.

Als der Wachmann in der Ecke sich vernehmlich räuspert, schlendern wir lachend weiter. »Zu dumm, dass es hier keine Skulpturen gibt. Sonst würde ich dich hinter irgendeine große Statue ziehen und mit dir anstellen, was ich will.«

Sie schnalzt mit der Zunge. »Du willst diesen ehrenwerten Ort für Kunst und Kultur besudeln, um deinen Folterplan umzusetzen? Ich bin entsetzt!«

»Öffentliche Liebesbekundungen haben Tradition bei uns, wenn ich mich recht erinnere«, sage ich und fahre mit der Hand ihr Rückgrat hinunter, während wir durch einen weiteren Ausstellungsraum gehen. »Erinnerst du dich an Papabubble?«

Sie bleibt stehen und legt den Kopf schief, als krame sie in ihren Erinnerungen. Plötzlich weiten sich ihre Augen. »Der Karamell-Laden. O Himmel, der Karamell-Laden!«

»Du warst verrückt nach Karamell. Es gibt nichts Besseres, hast du gesagt.«

»Gibt es auch nicht.« Sie senkt ihre Stimme bis auf ein Flüstern und lehnt sich näher an mich heran. »Du hattest praktisch deine Hand in meinem Rock, während sie uns hinter der Theke Bonbons eingepackt haben.«

»Praktisch?«, entrüste ich mich ob ihrer verzerrten Erinnerung an den Tag, an dem ich ihr während unseres Besuches einer Karamellmanufaktur in Barcelona die Arme erst um die Hüften gelegt hatte, um dann meine Hände immer tiefer gleiten zu lassen. »Ich bin mir ziemlich sicher, dass ich sie *tatsächlich* in deinem Rock hatte.«

Ein Hauch von Röte überzieht ihre Wangen. »Aber nur ganz kurz. Deine Schamlosigkeit habe ich in der Öffentlichkeit nicht lange ausgehalten und sofort wieder für Anstand gesorgt.«

Ich hebe geschlagen die Hände. »Das hat mich wirklich unglaublich traurig gemacht.«

»Vielleicht ist das der Grund, warum du über mich hergefallen bist, sobald wir wieder bei dir waren.«

»Deine Lippen haben nach den Bonbons geschmeckt, und du hast ausgesehen wie die süßeste aller Sünden. Wie hätte ich dir widerstehen können?«

In ihren Augen liegt ein aufreizender Glanz, als sie sich herausfordernd an mich schmiegt. »Und jetzt? Wie schmecke ich jetzt?«

»Ich bräuchte noch mal eine Geschmacksprobe …«

Ich verstumme, als eine Mutter mit zwei rothaarigen Mädchen im Grundschulalter im Schlepptau den Raum betritt. Penny richtet sich auf und zeigt mit dem Daumen auf eine rot-schwarz bespritzte Leinwand. »Jackson Pollock. Überschätzt? Unterschätzt?«

Bescheidenheit vortäuschend lege ich mir eine Hand auf die Brust. »Ich bin nichts als ein einfacher Küchenchef. Wie könnte ich einen Künstler wie ihn je bewerten?«

Penny schnaubt. »Einfacher Küchenchef, am Arsch die Räuber.«

Unverhohlen werfe ich einen Blick auf ihren Hintern. »Das ist ein wunderbarer Arsch«, sage ich, als das Trio außer Hörweite ist. »Habe ich das schon erwähnt?«

»Nein. Aber halte dich mit Lobeshymnen bitte nicht zurück«, sagt sie und greift nach meiner Hand. »Ich glaube übrigens wirklich nicht, dass du ein einfacher Küchenchef bist. Nach dem, was ich gelesen habe, bist du ein ziemlicher Superstar, und dem Sandwich von neulich nach zu urteilen, würde ich sagen, die Auszeichnungen sind verdient.«

Geschmeichelt drücke ich ihre Hand. »Vielen Dank. Vielleicht lässt du mich ja mal für dich kochen. Allein.«

»Dich *lassen?*« Sie zieht eine Augenbraue hoch. »Wie klingt ›ich befehle dir, für mich zu kochen‹?«

»Liebend gern.« Weil ich mich nur zu gut an ihren Ausbruch von vorgestern erinnern kann, greife ich das Thema mit der Presse auf. »Machen dir die Namen, die sie mir verpassen, etwas aus? Was in den Medien über mich gesagt wird?«

Nachdenklich stößt Penny den Atem aus. »Zuerst war das so. Aber jetzt nicht mehr. Ich versuche, mich nur auf das Hier und Jetzt zu konzentrieren, was uns angeht. Nicht auf das, was zwischen damals und heute passiert ist.«

»Nicht mehr? Bist du dir sicher?«

Sie nickt bestimmt. »Ja, das bin ich.« Mit ganzem Herzen hoffe ich, dass sie es tatsächlich so meint. Nach unserem Restaurantbesuch hatte sie die Namen, die die Presse sich für mich ausgedacht hat, wie Beleidigungen benutzt. Ich konnte verstehen, dass sie verletzt war, und wahrscheinlich hätte ich an ihrer Stelle dasselbe getan. Aber trotzdem wünsche ich mir, dass alles, was zwischen uns geschieht, wegen *uns* geschieht.

»Das versuche ich auch.« Mit einem Augenzwinkern tippe ich mir an die Schläfe. »Außerdem hat mein Gehirn diesen fantastischen Trick drauf. Es blendet einfach jeden Gedanken an das aus, was du von deiner Abreise in Barcelona bis zu dem Moment getan hast, als du neulich in meinem Restaurant aufgetaucht bist.«

Sie lacht. »Cooler Trick.«

»Stimmt. Es fühlt sich an, als hätte es diese Zeit schlichtweg nie gegeben. Echt super«, sage ich, weil ich den Gedanken, dass ein anderer Mann sie anfasst, unerträglich finde. Ich bin nicht von Natur aus eifersüchtig, aber die bloße Möglichkeit, dass irgendjemand sonst diese Frau je berührt hat, macht mich verrückt. Es ist nicht realistisch zu denken, dass sie zehn Jahre lang wie eine Nonne gelebt hat, aber ich ziehe es entschieden vor, so zu tun, als wäre ich der Einzige, den sie jemals an sich herangelassen hat.

Auch wenn es sicher unfair ist.

Aber den Preis muss ich wohl zahlen.

Amüsiert schüttelt sie den Kopf. »Ja, Gabriel. Ich bin so unberührt wie frisch gefallener Schnee. Nicht anders als an dem Tag, an dem wir uns kennengelernt haben.«

»Das ist die Antwort, die ich hören wollte«, sage ich und küsse sie auf die Nasenspitze.

Nachdem wir eindeutig zu viel Zeit vor einem Goldfisch von Matisse damit verbracht haben, uns zu küssen, beschließen wir, unsere öffentlichen Zuneigungsbekundungen lieber außerhalb des Museums fortzusetzen. Also brechen wir auf und steigen in den langen, schnittigen Wagen, den ich am Straßenrand habe auf uns warten lassen. Der Fahrer schert aus, und bevor er die Trennwand hochfahren lässt, bitte ich ihn, einfach zu fahren, egal wohin.

»Wo wir doch vorhin von Geschmack gesprochen haben … jetzt bin ich an der Reihe, dich zu foltern«, stellt Penny entschieden fest. Und wer bin ich, ihr diesen Wunsch zu verwehren?

»Ich denke, deiner Art von Folter gegenüber bin ich offen.«

Und ehe ich noch einen weiteren Gedanken fassen kann, knöpft sie schon geschickt meine Jeans auf, holt meinen Schwanz heraus und umschließt ihn mit dem Mund. Ich schäme mich nicht zuzugeben, dass ich schon Sekunden später hart wie Stein bin, denn sie sieht aus wie eine Göttin.

Meine Göttin.

Meine wunderschöne Geliebte. Ihr langes Haar fließt über meine Oberschenkel, und ihre roten Lippen umschließen mein hartes Glied. Ich umfasse ihren Kopf mit den Händen und führe ihn auf und ab, während ich ihr immer wieder sage, wie verdammt gut sich das anfühlt. Bei dem Anblick, wie ihr Kopf sich zwischen meinen Beinen bewegt, stöhne ich laut auf. Ihre Zunge ist göttlich, ihre Lippen der Himmel. Und als ihre Zähne zart meinen Schaft hinaufwandern, höre ich die Engel auf Französisch singen.

Denn Penny verpasst mir einen Blowjob, als gäbe es nichts, was sie mehr anmacht, und nichts auf der Welt könnte sich besser anfühlen als sie. Es ist einfach unglaublich, wie leidenschaftlich sie ist – wie sehr sie das hier genießt, und ich liebe es. Immer schneller gleiten ihre Lippen über meinen Schwanz, und sie klingt so verdammt sexy –

ihr Atem, ihr Stöhnen, ihr lustvolles Keuchen, während sie mir einen bläst.

Mein Atem beschleunigt sich, und Erregung brennt sich tief in meinen Körper. Das Gefühl schwillt an, wird immer intensiver, wilder. Meine Hände fassen fester zu und halten ihren Kopf, während ich ihren wunderschönen Mund ficke.

Penny und ich waren auch früher sehr leidenschaftlich. Keine Minute konnten wir die Finger voneinander lassen. Ich kann noch immer nicht genug von ihr bekommen, aber heute sind wir freier. Noch nie hat sie mir so einen geblasen. Damals war sie unerfahrener, musste sich ausprobieren. Jetzt ist sie wilder und hungriger, und es macht mich einfach nur an.

Ich stöhne ihren Namen und kann die Augen nicht von dem Anblick abwenden, wie ihre weit geöffneten Lippen meinen steifen Schwanz bearbeiten.

So verdammt gut.

So verdammt sexy.

Du bist es.

Mein Gott, du bist es.

Meine Gedanken werden immer unzusammenhängender, und ich spreche nicht mehr englisch. Kurz darauf spreche ich gar nicht mehr, sondern kann nur noch keuchen und stöhnen, während Penny mich leckt und bläst, bis ich vor Lust auch nicht mehr denken kann.

Als ich mich in ihren Mund ergieße, erfasst mich der Orgasmus mit einer solchen Stärke, dass ich ihn bis ins Mark spüren kann.

Nicht nur, weil das hier gerade der Blowjob meines Lebens war, sondern weil ich ihn von *ihr* bekommen habe.

Diese Frau hat mir schon einmal den Verstand geraubt, und jetzt ist es ihr wieder gelungen.

Ich bin ihr hoffnungslos verfallen, und ich habe nicht vor, etwas dagegen zu unternehmen.

* * *

Tinas hochgezogene Augenbraue verrät, dass sie mir nicht glaubt.

Als ich das frische Basilikum zu ihr hinüberschiebe, versuche ich erneut, mich zu verteidigen. »Natürlich habe ich kein Problem damit, die anderen Frauen aufzugeben.« Ich kann nicht glauben, dass sie so von mir denkt.

»Das sagst du jetzt …«

»Im Ernst. Warum zweifelst du an mir? Klar, ich mag Frauen, aber das heißt doch nicht, dass ich nicht in der Lage bin, mit nur *einer* Frau zusammen zu sein.«

Geschickt bearbeitet sie die Blätter mit der Klinge, während sie antwortet: »Dieses ganze Playboy-Ding ist einfach Teil deiner Persönlichkeit. Nicht nur als Mann, sondern auch als Küchenchef.«

»Wie kommst du denn auf diesen Quatsch? Wenn du mich beleidigen willst, muss ich wohl den Rest deiner Kochstunden absagen.«

»Das würdest du mir nicht antun«, stellt sie fest und legt das Messer beiseite. Ihre klugen Augen blicken mich herausfordernd an. »Wer sonst würde so ehrlich mit dir sprechen?«

Ich lache. »Okay. Du bist ehrlich und wunderbar. Aber was soll dieser Unsinn mit meiner Persönlichkeit?«

Ihre Stimme wird weicher. »Dein Stern ist gemeinsam mit deiner Beliebtheit beim weiblichen Geschlecht aufgegangen. Das hast du selbst gesagt. Vielleicht nicht in denselben Worten, aber so ähnlich. Als du in dieser Show aufgetreten bist und deine Restaurants immer berühmter wurden, sind dir die Frauen plötzlich in Scharen nachgelaufen.«

Ganz unrecht hat sie nicht, wenn sie sagt, dass der Erfolg und die Frauen gemeinsam mehr wurden. Und es ist wohl auch nicht von der Hand zu weisen, dass mein Erfolg als Küchenchef mit einem sprunghaften Anstieg medialen Interesses an meinem Liebesleben einherging. Was wiederum noch mehr Frauen auf mich aufmerksam gemacht hat. Und ein Kostverächter war ich nie. »Und was heißt das jetzt?«

»Dass deine Liebe für die Frauen eben nicht nur etwas mit den Frauen selbst zu tun hat. Ich glaube, ein Teil von dir ist überzeugt, dein Erfolg hinge von der Gesamtpersönlichkeit ab, die in dieser Show entstanden ist. Die Medien haben dich zum ›Sexiest Chef alive‹ gemacht. Und die Frage ist doch die – wenn du vergeben bist, kannst du diese Krone dann immer noch tragen?«

Dieser Gedankengang entlockt mir nichts als ein entrüstetes Schnauben. Kochen ist meine Leidenschaft, und wenn ich nicht aus tiefstem Herzen glauben würde, ich wäre dazu bestimmt – als Single, verheiratet oder sonst wie –, hätte ich mich nicht zahllose Stunden über Töpfen und Pfannen gequält.

»Das ist eine interessante Theorie. Aber es ändert nichts an der Tatsache, dass ich genug an meine Fähigkeiten glaube, um zu wissen, dass die Leute trotzdem bei mir essen gehen, auch wenn meine berufliche und meine soziale Identität irgendwie miteinander verknüpft sind und sie wahrnehmen werden, wenn sich meine private Situation ändert.«

»Gut.«

»Und außerdem – was vorbei ist, ist eben vorbei. Punkt.«

Ich hoffe jedenfalls, dass es so ist. Ich hoffe es aus ganzem Herzen.

Tina lächelt nur.

KAPITEL ZWÖLF

Penny

Ein paar Tage später mache ich mich auf den Weg in die Stadt zu Gabriels Restaurant. Als ich die Christopher Street erreiche, sehe ich gleich das rote Holzschild, das wie ein Leuchtfeuer über der Tür hängt. Es ist irgendwie seltsam, vor etwas mehr als einer Woche bin ich diese Straße entlanggelaufen und musste allen Mut zusammennehmen, weil ich nicht wusste, was mich erwartet. Ich war zum Kampf gerüstet und einsatzbereit. Und dann hat mich völlig aus der Bahn geworfen, dass er mich scheinbar nicht erkannte.

Als ich das Restaurant diesmal betrete, um die Planung für unser Picknick im Park am Wochenende abzuschließen, erfüllt mich eine Mischung aus Selbstvertrauen und Glück. Die Veränderung ist mehr als willkommen. Denn diesmal trete ich als die Frau ein, von der er nicht genug bekommen kann. Die Frau, die er nie mehr gehen lassen will.

Doch beim Anblick einer blonden Mähne und dem aufreizenden Klang eines Frauenlachens durchzuckt es mich wie ein Blitz.

»Warte erst, bis du die Brombeeren probiert hast. Ich schwöre, heute Abend machst du Brombeertörtchen«, schnurrt sie wie eine Katze.

Anspannung macht sich in mir breit, als ich den Blick auf Gretas Hinterkopf und ihr langes blondes Haar richte. Sie unterhält sich an der Bar mit Gabriel. Im Restaurant ist es ruhig, es ist noch vor Mittag. Eine Strähne seines schwarzen Haars fällt ihm in die Stirn, und einen Moment lang stelle ich mir vor, wie sie die Hand ausstreckt, um ihm die Haare aus dem Gesicht zu streichen.

Eifersucht lodert in mir auf. Vor meinem inneren Auge sehe ich mich auf ihren Rücken springen, sie an den Haaren nach hinten reißen und ihr die Augen auskratzen.

»Mir geht ja nichts über ein köstlichen Brombeertörtchen«, sagt sie und beugt sich zu ihm. Der perfekte Moment, um aus dem Nichts heraus zum Angriff überzugehen. Frau gegen Frau. Ich stelle mich auf die Zehenspitzen. Wenn ich den Winkel richtig hinkriege, kann ich sie zu Boden werfen und mit Zähnen und Klauen von meinem Mann wegreißen.

Aber dann passiert etwas ganz anderes.

Und es hat nichts mit ihr zu tun. Auch nicht mit ihm.

Dafür umso mehr mit mir.

Denn ich hole tief Luft und verdränge meine abscheulichen Gedanken.

Ich vertraue Gabriel, aber mehr noch vertraue ich mir selbst. Es gab eine Zeit, in der ich an meinen Erfolgen im Leben gezweifelt habe, in der ich mich gefragt habe, ob es vielleicht einfach nicht möglich ist, mich zu lieben. Schließlich hatte er mich verlassen. Aber mit der Zeit habe ich mich verändert, bin reifer geworden. Ja, es hat mich verletzt, als er damals nicht aufgetaucht ist. Bis ins Mark verletzt. Es hat dazu geführt, dass ich mich für lange Zeit vollkommen abgeschottet habe. All die Jahre danach habe ich immer geglaubt, ich könnte einfach nicht zulassen, dass ich mich jemandem zu sehr öffne, mich jemandem zu sehr hingebe, nur um mich vor neuem Schmerz zu schützen.

Aber jetzt weiß ich, dass es in Wahrheit einen anderen Grund gab, aus dem ich mich nie wieder wirklich verliebt habe.

Denn als ich Gabriel jetzt ansehe und mein Herz wie von Sinnen schlägt, wird mir klar, warum ich es nie einem anderen Mann schenken konnte – es hat die ganze Zeit über ihm gehört.

Und ihm will ich mich hingeben, mit Haut und Haar. Es ist meine Entscheidung, ihm zu vertrauen. An uns zu glauben. Mich darauf zu verlassen, dass er bei mir bleibt.

Und deshalb entscheide ich auch jetzt, daran zu glauben, dass Gretas Flirterei nichts daran ändert, wen er will.

Er will mich.

Und ich will ihn.

Selbst wenn er jetzt einen anzüglichen Kommentar über Brombeertörtchen macht, geht er heute Abend nicht mir ihr nach Hause.

Ich bin es, die er mit in sein Bett nimmt.

Und es ist mir egal, mit wem er vorher zusammen war oder dazwischen oder wie viele Frauen hinter dem »Playboy der Küche« her sind.

Denn als er von der Frau aufsieht, die vor ihm sitzt, und sein Blick auf mich fällt, beginnen seine bernsteinfarbenen Augen so zu leuchten, dass ich vor Glück übersprudele. Sie erhellen nicht nur den Raum, sondern bringen die ganze Stadt zum Strahlen. Ich bin es, für die er die Brombeertörtchen macht.

Ich kann nicht aufhören zu lächeln, während ich zu ihm trete, Hallo sage und dann Greta die Hand hinhalte. »Ich bin Penny Jones, ich leite Little Friends. Schön, dich kennenzulernen.«

Ein Lächeln erscheint auf ihrem hübschen Gesicht. »Das kann doch nicht wahr sein, ich habe einen Hund von Little Friends! Ein winziger Min Pin, mein absoluter Schoßhundliebling. Wie schön, dich kennenzulernen.«

Jetzt ist mein Lächeln genauso breit wie ihres. »Wirklich? Das ist ja toll. Wie heißt er? Und wie sieht er aus?«

Greta zieht ihr Handy aus der Tasche und zeigt mir ein Bild ihres kleinen Prinzen, auf dem er mit elegant übereinandergeschlagenen Vorderpfoten auf einem Chenille-Überwurf liegt. Er heißt Prince Harry, weil Dianas zweiter Sohn es ihr schon immer angetan hat, sagt Greta.

»Das passt perfekt«, sage ich und tue so, als kraule ich ihm auf dem Foto das Kinn. Sie lacht und blickt das Bild verzückt an.

Gabriel legt den Arm um mich und küsst mich auf die Wange, wobei er ein leises, sexy Geräusch von sich gibt. Dann wendet er sich wieder an die Frau ihm gegenüber und zeigt auf mich. »Greta, Penny ist die Frau, von der ich dir gestern erzählt habe. Die verschwunden war und von der ich dachte, ich hätte sie für immer verloren.«

Greta strahlt. »Sieht so aus, als hättest du sie tatsächlich wiedergefunden.«

Gabriel drückt mich fester an sich. »Und ich könnte nicht glücklicher sein. Vor allem, weil ich glaube, das Dessert auf der Karte heute Abend wird ihr wirklich gefallen, wenn sie zum Essen vorbeikommt.«

Mein Herz führt einen Tanz auf. »Ich kann es kaum erwarten«, sage ich, und bei dem Gedanken daran beschleunigt sich mein Atem.

Greta klopft Gabriel auf die Schulter, dann beugt sie sich zu mir herüber und umarmt mich. Jetzt erkenne ich es auch – sie ist einfach einer dieser Menschen, die andere gern berühren, mit ihnen reden. All die Sorgen, die ich mir nach unserem ersten Aufeinandertreffen gemacht habe, waren völlig umsonst. Die Vorstellung, die ich von ihr hatte, war allein meiner Fantasie entsprungen, angeheizt von den Zweifeln der Vergangenheit. Aber diese Zweifel haben sich jetzt in Luft aufgelöst, und in Wirklichkeit ist Greta eine wunderbare Person.

»Ihr beiden seid zu süß für mich«, stellt Greta fest. »Ich verschwinde wohl besser, bevor diese ganze Turtelei mich noch verweichlicht.«

Dann zwinkert sie und geht, und ich bin froh, dass ich beim Eintreten beschlossen habe, nicht eifersüchtig zu sein. Denn so habe ich mich dazu entschieden, Gabriel zu vertrauen, bevor ich wusste, wie nett Greta ist.

Aber ich will nicht länger über andere Frauen nachdenken, sondern lieber von mir reden. Also drehe ich mich zu ihm und sehe ihn an. »Ich bin also diejenige, die *verschwunden* ist?«

Er antwortet mir, indem er mir fest die Lippen auf den Mund drückt. Erst als wir beide nach Luft schnappen, murmelt er: »Ja.«

Irgendwie schaffen wir es, die Planung für unser Picknick im Park abzuschließen, und den restlichen Nachmittag verbringe ich mit Tagträumen von Brombeertörtchen, dem anstehenden Abend und ihm.

Mit einem Lächeln rufe ich Delaney an und bitte sie, heute Abend auf Shortcake aufzupassen. Ich habe irgendwie das Gefühl, dass ich nicht nach Hause komme.

KAPITEL DREIZEHN

Gabriel

»Ich habe dir –«

Als ich die Tür öffne, verschlägt mir Pennys Anblick die Sprache. Ein schwarzes ärmelloses Top mit den schmalsten Trägern, die ich je gesehen habe, fließt verführerisch über ihren Körper und gibt den Blick frei auf die Kunstwerke auf ihrer Haut. Blumen und Ranken schlängeln sich in dunklen Pink- und Violetttönen über ihre nackte Haut. Wie immer ist ihr Haar auf einer Seite hochgesteckt – jedenfalls immer, wenn sie sich mit mir trifft.

Enge Jeans und schwarze High Heels vervollständigen das Outfit, und während ich jeden Zentimeter der Frau auf meiner Türschwelle mit den Augen verschlinge, kann ich meine Erregung kaum bremsen.

»Paella«, krächze ich, als ich endlich in der Lage bin, den Satz zu beenden. »Ich habe dir Paella gemacht.«

Mit ausgestrecktem Arm hält sie mir eine Flasche Albariño hin und schüttelt den Kopf.

Stirnrunzelnd nehme ich den Weißwein entgegen. »Ich dachte, es sei dein Lieblingsessen? In Spanien hast du es sehr gern gemocht.«

»Das tue ich auch«, sagt sie, und ihre Fingerspitzen wandern über meine Brust nach oben. »Aber auf das Essen kann ich noch warten.«

»Dann gibt es etwas, worauf du nicht mehr warten kannst?«

Ihre Finger krallen sich in mein schwarzes T-Shirt. »Ja«, antwortet sie mit rauer Stimme. »Du hast mich lange genug gequält. Jetzt ist Schluss damit, Gabriel. Bitte, erlöse mich von meinem Elend.«

Ich lege den Wein in den Kühlschrank und stelle den Herd aus, damit nichts anbrennt. Die Teller und Weingläser müssen eben noch eine Weile auf ihre Füllung warten.

»Ich kann den Gedanken nicht ertragen, dass du dich elend fühlst, Süße.« Schnell ergreife ich ihre Hand und ziehe sie zu mir heran. Ihr Körper schmiegt sich an meinen, und im selben Augenblick verschmelzen wir. Wir bestehen nur noch aus verschlungenen Gliedmaßen, Kleidern, Haut und der maßlosen Begierde, einander nahe zu sein. Und noch näher.

Oh, diese Frau.

Statisches Rauschen erfüllt mein Gehirn. In meinem Kopf dreht sich alles, und es fühlt sich an, als würden wir schweben.

Ein Teil von mir will verstehen, warum Penny diese Gefühle in mir auslöst, doch der andere möchte im Grunde gar nicht erfahren, was hinter diesem Zauber steckt. Denn was wir füreinander empfinden, ist Magie. Und wenn es irgendein Geheimnis gibt, warum wir so gut zueinander passen, ist es vielleicht diese Gleichung aus Chemie und Begehren, Lust und Leidenschaft, an deren Ende zwei Menschen stehen, die einfach füreinander geschaffen sind.

Sie ist für mich gemacht, dessen bin ich mir sicher. Penny gehört zu mir. Sie ist der Anfang und das Ende, und der Funke, mit dem alles begann, hat sich zu einem lodernden

Feuer entwickelt, das niemals verlöschen wird. Weder mein Herz noch mein Verstand könnten jemals wieder von ihr lassen. Und mein Körper schon gar nicht.

Mein Atem geht keuchend, als wir unseren Kuss unterbrechen. »Komm mit«, sage ich heiser, nehme ihre Hand und führe sie in mein Schlafzimmer.

Als wir ankommen, gehe ich rückwärts zum Bett mit der dunkelblauen Überdecke, setze mich auf den Rand und ziehe Penny an mich, bis sie zwischen meinen Beinen steht. Sanft lege ich meine Hände auf ihre Hüften, schiebe ihr Shirt nach oben und fahre mit der Zunge über ihren Bauchnabel. Sie erbebt, und der Geschmack ihrer Haut berauscht mich.

Ich atme tief ein, brauche ihren Duft, giere, verzehre mich danach.

Als ich aufschaue, bebt ihr Blick. Langsam erhebe ich mich und lege meine Hände auf ihre Wangen. »Ich will, dass du etwas weißt.«

»Was?«

Ich sehe ihr direkt in die Augen. »Es gibt eine Millionen Arten, auf die ich dich vögeln will«, sage ich, und ihre Lippen öffnen sich tonlos. »Ich will dich rücklings aufs Bett legen, ich will dich auf allen vieren, ich will dich an die Wand drücken und deine Beine um meine Hüften spüren.«

»O Gott«, stöhnt sie.

»Ich will dich auf dem Balkon vor der New Yorker Skyline ficken. Auf der Küchenanrichte, zu einem Song deiner Lieblingsband. Ich will auf dem Weg zu einer Galaveranstaltung deinen Spitzentanga zur Seite schieben und dich in einem hübschen Kleid mit meinem Schwanz durchbohren.«

Lust lodert in ihren Augen auf, und ihr Atem geht schneller.

»Und zwischendurch will ich meine Hand in deinem Haar zur Faust ballen und dich festhalten. Dir dreckige Wörter ins Ohr flüstern, die dich heiß und feucht machen«, knurre ich, und sie fährt sich mit der Zunge über die Zähne. »Und hin und wieder, oder vielleicht auch öfter, will ich deinen geilen Arsch versohlen und ihn dann küssen, bis er nicht mehr brennt. Ich will dir die Arme über dem Kopf zusammenbinden und hart und tief in dich eindringen und dann noch ein bisschen tiefer, bis du mich anflehst, kommen zu dürfen.«

Ihr Blick wird verschwommen, als versänke sie in einem Nebel der Lust.

»Aber jetzt …« Meine Stimme wird sanfter.

»Ja?«, fragt sie, und das heftige Auf und Ab ihrer Brüste verrät, dass sie die Spannung kaum noch ertragen kann – es ist unglaublich sexy. Es ist, als existierten wir ganz allein in einem Kokon aus Hitze, Glanz und Farben. Ich habe noch nie eine Frau so gewollt, wie ich sie will, das Verlangen so tief in mir gespürt.

Mit dem Daumen fahre ich über ihren Mund, und sie drängt sich gegen meine Hand. »Jetzt will ich dich lieben.«

»O Gott«, keucht sie wieder. »Bitte, jetzt! Ich halte es nicht mehr aus. Ich will dich so sehr.«

Sie fährt mit den Fingern durch mein Haar und küsst mich heftig. Ihre Zunge gleitet über die meine, und Penny stöhnt. Ich schlucke das Geräusch – schlucke alle ihre Ausdrücke der Lust, während ich ihren Reißverschluss öffne und sie von ihrer Jeans befreie.

Wir unterbrechen den Kuss nur, damit ich sie aus diesen

verdammten Klamotten herausbekomme. Dann fliegt ihr Shirt durch den Raum auf einen wilden Kleiderhaufen – ihre, meine, unsere –, der auf dem dunklen Holzfußboden liegt.

Als sie nackt vor mir steht, erstarre ich fast vor Ehrfurcht.

Nicht weil ihr Körper so wunderschön ist, auch wenn er es ist.

Nicht weil der Schwung ihrer Hüften, die Form ihrer Brüste und der weiche Glanz ihrer Haut meine Körpertemperatur gefährlich ansteigen lassen.

Auch wenn sie das tun.

Nein. Dieses Gefühl ist etwas, das sich nicht fassen lässt. Es liegt in der Luft, in der Spannung zwischen uns. In der Energie, die mich zu ihr zieht.

Sie ist es.

Einfach nur sie.

»Komm«, sage ich, hebe sie hoch und lege sie aufs Bett, sodass ihr dunkles Haar sich wie ein Fächer auf dem frischen weißen Kissenbezug ausbreitet. »Heute Abend will ich dich verehren. Dich anbeten.«

»Das tust du doch schon.« Ein Zittern durchläuft ihren Körper, wie sie so entblößt vor mir liegt. Ich bin überwältigt. Einfach überwältigt von der Tatsache, dass sie wieder in meinem Leben ist, und ich will ihr alles geben.

Zufällig weiß ich, was ihr besonders gefällt.

Und obwohl sie die Beine für mich spreizt und mich einlädt, ihrer hübschen kleinen Muschi den so heiß ersehnten Besuch mit dem Mund abzustatten, hebe ich eine Augenbraue und schüttle den Kopf.

»Hör auf, mich zu quälen, bitte. Du weißt, wie sehr ich deinen Mund liebe. Ich will dich. Jetzt.«

»Ich weiß, Penny, dass du mich willst«, sage ich, und mein Blick wandert hinab zu diesen wunderbar pinken Lippen, die so lustvoll feucht glitzern. Ich klettere über sie, nehme sie bei der Hüfte und drehe sie auf den Bauch.

Sie keucht meinen Namen in einem langen, atemlosen Stöhnen. »Gabriel …«

Ich ziehe ein Kissen heran, schiebe es unter ihren Bauch und beuge mich über sie, meine Brust an ihrem Rücken. »Glaubst du, ich habe vergessen, was dich anmacht?«

Sie stöhnt atemlos. Dann bewege ich mich über ihrem Körper nach unten, sie windet sich und presst die Hüften gegen meine Lenden. Süßer Himmel, was für eine Einladung in das gelobte Land zwischen ihren Beinen.

»Jetzt wirst du aber gierig.« Ich lege meine Handflächen auf die Rückseite ihrer Oberschenkel und spreize sie noch ein wenig mehr. Sie ist so heiß und feucht, und ich kann es nicht erwarten, sie zu kosten.

Ich hebe ihren Hintern noch ein wenig höher und nähere mich ihrer hübschen Pussy mit dem Gesicht. Dann stöhne ich laut auf, als ich mit der Zunge über ihre Knospe streiche.

»O mein Gott«, keucht sie und biegt den Rücken durch.

Ihr Geschmack flutet über meine Zunge. Ihr Duft steigt mir in die Nase, und alles Blut in meinem Körper fließt in meinen Schwanz. Beinahe komme ich, als ich sie lecke, mich in ihrem Geschmack verliere und all diese wunderbare Feuchtigkeit in mich aufnehme.

Penny ist wie elektrisiert und windet sich auf meinem Bett wie eine Schlange, heiß und wunderschön. Ich blicke auf ihre Hände. Fest zu Fäusten geballt, umklammern sie das Laken. Mein Blick wandert ihre Beine hinab, ihre Zehen krallen sich in die Decke.

Und jetzt, genau jetzt, unter der Berührung meiner Zunge, habe ich sie so, wie ich sie haben will.

So verdammt feucht.

So verdammt heiß.

So verdammt erregt.

Sie presst ihre Hüften an mich, ihren Hintern, liegt zuckend auf meinem Bett. Meine Hände umfassen ihre Oberschenkel, und meine Zunge erkundet weiter die köstliche Wölbung ihrer Grotte.

Ihr heftiges Stöhnen verändert sich. Wird lauter. Länger, höher. Wird zu einer Abfolge von *gleich komme ich* und *du leckst mich so gut* und dann nur noch *oh, oh, oh, oh, oh.*

Ich nehme sie ganz in mich auf, lecke ihre herrliche Spalte, bis sie nicht mehr an sich halten kann.

Aus ihrer Kehle dringt das erregendste Geräusch der Welt, vielleicht ist es mein Name oder auch einfach nur irgendeine unzusammenhängende Folge von Silben, die ihre Lust unterstreicht, als sie explodiert.

Penny

Irgendwann – vielleicht in einer Woche, vielleicht in einem Jahr – wird dieser Höhepunkt möglicherweise ein Ende nehmen.

Möglicherweise.

Für den Moment bin ich wie betrunken vor Euphorie. Ich fühle mich high, als stünde ich unter dem Einfluss irgendeiner seltsamen Droge.

Dieser Mann.

Diese Nacht.

Wir.

Als ich blinzelnd die Augen aufschlage, hat er mich wieder umgedreht. Und ich kann an nichts anderes denken als dieses köstliche Ziehen zwischen meinen Beinen, das erst gesättigt schien, aber sofort wieder begonnen hat. Ich brauche mehr von ihm. Ich brauche ihn ganz.

Er kniet über mir, seine Hand hält seinen Schwanz umfasst und bewegt sich auf und ab.

Himmel, er sieht so gut aus – sein langes Haar, seine tätowierten Arme, sein schlanker, muskulöser Bauch. Und sein Schwanz. Ich glaube, mit einundzwanzig konnte ich das Wort noch nicht einmal in Gedanken aussprechen. Damals wusste ich nur, dass ich ihn in mir spüren wollte. Jetzt kann ich nicht aufhören, ihn anzustarren – lang, dick, steinhart.

Mein Mund wird trocken, so sehr will ich ihn.

Meine Haut steht in Flammen. In meinem Körper tobt ein wildes Fieber, aber ich will nichts dagegen tun.

Ich will ihn in mir spüren, von ihm ausgefüllt werden. Nur von ihm. Immer nur von ihm. Für mich gab es nie einen anderen.

Wortlos greife ich nach seinen Schultern und ziehe ihn näher zu mir heran, denn ich bin mir nicht sicher, ob ich schon wieder sprechen kann. Als er mit der Schwanzspitze über die feuchte Hitze zwischen meinen Beinen streicht, bin ich völlig außer mir. Es fühlt sich fast an wie eine außerkörperliche Erfahrung, während ich gleichzeitig nichts so intensiv spüre wie mich selbst. Mein Körper und Geist sind eins, und alles in mir ist mit ihm verbunden.

Für einen kurzen Moment erwachen genug Synapsen in meinem Gehirn zum Leben, um auszusprechen, was ich mehr will als alles andere. »*Bitte.* Ich brauche dich. Bitte steck ihn rein.«

Er streicht mit dem Schwanz über meine Vulva, neckt mich, bringt mich um das letzte bisschen Verstand. Verzweifelt presse ich meine Hüften gegen seine Härte, meine Nägel graben sich in seine Haut, und meine Körpertemperatur steigt gefährlich an. Jedes Molekül meines Körpers verbrennt zu weißer Glut.

»Penny.« Seine Stimme hat noch nie heiserer geklungen, nie rauer.

»Ja?«

»Nimmst du die Pille?«

Ein schnelles Nicken. »Ja, Himmel, ja. Hast du dich testen lassen?«

»Natürlich.«

Mehr braucht es nicht. Er versenkt sich in mir, und ich stoße einen Schrei der Lust aus.

Ich kann einfach nicht anders.

Er füllt mich vollkommen aus, und das Gefühl ist unbeschreiblich. Auf die Ellbogen gestützt, berührt seine Brust die meine, und näher können wir einander nicht kommen. Sein Blick ruht auf mir, als er beginnt, sich zu bewegen. Mit einer zärtlichen Liebkosung dringt er noch tiefer in mich ein.

Stöhnend ruft er meinen Namen, während sein Schwanz mich weitet und er so tief zustößt, dass mir ein kehliger Wonnelaut entfährt.

Himmel, meine Erregung ist so stark, dass ich es kaum ertragen kann. Das Gefühl ist über alle Maßen intensiv, ich bin kurz davor, in tausend Stücke zu zerspringen, aber trotzdem will ich noch mehr.

Mit ihm will ich alles.

Er stößt heftig zu, immer und immer wieder dringt er in mich ein.

»O Gott, ist das gut. Du bist es, du bist wahnsinnig gut«, keucht er.

»Ja. Ja. *Ja!*«, ist alles, was ich sagen kann, denn es ist alles, was ich fühle. Die ganze Welt ist ein Ja.

Wie in Trance schlinge ich meine Beine um seine Hüften und vergrabe meine Finger in seinem Haar, um ihn näher an mich heranzuziehen, tiefer in mich hinein.

Alles um uns herum verschwimmt, bis wir von nichts als purer Dunkelheit umgeben sind. Nur wir erstrahlen in hellem Licht, ich und dieser Mann, der mich vor zehn Jahren in seinen Bann geschlagen hat. Heute gehöre ich ihm mit Haut und Haar.

Und mehr noch.

Ich liebe ihn.

Und es ist nicht einfach irgendeine Liebe. Es ist die große Liebe, eine verrückte Liebe, die einen packt und nie wieder loslässt. Ich hole Luft und will ihm sagen, was ich fühle, ihm nichts mehr verschweigen, aber plötzlich ist er so tief in mir, dass ich Sterne sehe. Ich sehe das Licht ferner Planeten, das ganze Universum, so unglaublich intensiv ist das Gefühl.

Der Orgasmus überrollt mich, blendet jeden Gedanken aus und raubt mir die Luft zum Atmen. Er wird immer stärker und will gar nicht mehr aufhören, während Gabriel mir zu einem schier endlosen Höhepunkt folgt. Wir fliegen, gemeinsam, für immer.

Er ist heiß, hart, sexy und laut.

Was er ruft, kann ich nicht verstehen, weil er eine andere Sprache spricht, aber der Klang ist voller Lust, Begierde und wunderschön.

Was er aber danach sagt, verstehe ich ohne Probleme.

Er lässt sich auf meine Brust sinken. »*Je t'aime*«, haucht er an meinem Hals.

Ein Gefühl absoluten Glücks steigt in mir auf. »Ich liebe dich auch, Gabriel. Ich habe mich schon damals in dich verliebt, und ich liebe dich noch immer.«

»Ich dich auch, Penny. Ich dich auch.«

Gabriel

Nach der Paella vernaschen wir erst das Dessert und dann einander. Nicht unbedingt in dieser oder auch nur in irgendeiner Reihenfolge. Die ganze Nacht ist ein einziges großes Fest der Sinne – der Wein, die volle Süße des Nachtischs und sie.

Und nach dem dritten oder vielleicht auch nach dem vierten Mal sind wir schweißgebadet und erschöpft, und Pennys volle Brüste glänzen rosig. Ich habe sie mit der ganzen Kraft meiner Männlichkeit geliebt, und genau so sieht sie jetzt auch aus – wunderschön durchgevögelt. Jetzt hätte ich Lust auf eine Dusche, aber als ich sie in die Arme nehme, gähnt sie, und ich beschließe, morgen ist auch noch genug Zeit für Reinlichkeit.

»Schlaf mit mir ein«, flüstere ich in ihr Haar.

»Hmm«, murmelt sie. »Ich glaube, ich bin gleich so weit.«

Mit den Fingerspitzen fährt sie über die Landkarte auf meinem Arm, und ich hauche ihr einen Kuss auf die Schulter und streiche mit den Lippen über ihr Lilientattoo, während der Schlaf uns langsam davonträgt.

Aber kurz bevor wir tatsächlich einschlafen, küsse ich noch einmal ihre Stirn. »Habe ich dir gesagt, wie glücklich ich bin, dass mein Restaurant auf der Liste für dein Event stand? Sonst würden wir jetzt vielleicht nicht hier liegen.«

»Darüber habe ich auch schon nachgedacht.«

»Und weißt du, was ich am meisten daran bedauere, damals deine E-Mail-Adresse verloren zu haben?«

Mit etwas wacherem Blick dreht sie sich zu mir um. »Nein. Erzähl es mir.«

»Dass ich dir nie beichten konnte, dass ich mich in dich verliebt hatte. Also musst du mir jetzt vergeben, wenn ich nicht mehr damit aufhören kann, es zu sagen.«

Sie blickt mich an, ich sehe ihr Lächeln, ihre Augen, und es ist, als hätte ich jeden Moment meines Lebens nur auf diesen einen Augenblick gewartet. »Sag es mir.«

»Ich liebe dich«, flüstere ich sanft und nehme ihr Gesicht in die Hände.

»Noch mal«, fordert sie mich spielerisch auf.

»Ich liebe dich so sehr.«

»Und noch mal.«

»Ich liebe dich mehr, als ich es je für möglich hielt«, sage ich, bevor ich mich von hinten an sie schmiege und meine Lippen ihren Nacken hinaufwandern lasse. »Manchmal fühlt es sich so an, als hätte es die letzten zehn Jahre gar nicht richtig gegeben. Als wären wir direkt von damals ins Hier und Jetzt gesprungen.«

Sie lacht. »Schön wär's.«

»Oder vielleicht fühlt es sich auch so an, als würdest du schon immer mir gehören. Auch wenn ich dich ein Jahrzehnt nicht gesehen habe, hast du die ganze Zeit über nur mir gehört.« Zugegeben, das ist wohl der Höhlenmensch, der da aus mir spricht, aber tatsächlich kann ich das Gefühl nicht abschütteln.

»Ich habe dir gehört«, erwidert sie. »Ich gehöre noch immer dir. Und du gehörst mir.«

Was dazwischen lag, spielt keine Rolle mehr.

KAPITEL VIERZEHN

Gabriel

Ein kleiner drahtiger Terrier trinkt gierig aus einem Napf, daneben beschnuppert eine rostrote Hündin ein Grasbüschel. Irgendetwas sagt ihren Hundesinnen wohl zu, denn sie öffnet blitzschnell das Maul, um es sich zu schnappen.

»Ruby, aus!«

Von meinem Platz in den offenen Zelten aus, wo meine Köche und Kellner sich gekonnt um das Catering kümmern, winke ich Pennys Freundin Nicole zu.

Penny hat mich Delaney und Nicole Anfang dieser Woche vorgestellt, weil sie wollte, dass ich ihre Freundinnen kennenlerne. Zuerst haben wir in einer Bar in der Innenstadt Cocktails getrunken und dann miteinander zu Abend gegessen, woraufhin die Frauen noch beschlossen, ich sollte für sie die beste Eisdiele Manhattans finden.

Pennys Freundinnen sind wirklich wunderbar, und sie ist ihnen eindeutig sehr wichtig, also war es mir ein Vergnügen, sie zu einem kleinen Laden in Murray Hill zu führen, in dem es so wilde Geschmacksrichtungen wie Blaubeer-Ziegenfrischkäse, Avocado-Salzcracker und gegrillte Erdbeere gibt, Letzteres ganz nach Pennys Geschmack.

Genauso wie die Tatsache, dass ich sie nach unserer Rückkehr mit einem ihrer Seidenschals an ihr Bett gefesselt habe.

Allerdings hatten wir unsere Rechnung ohne Shortcake gemacht – die tapfere kleine Hündin hörte gar nicht mehr auf zu bellen, als sie ihr an den Bettpfosten gefesseltes Frauchen im Schlafzimmer entdeckte. Zum Glück verzog sie sich auf Pennys Befehl hin brav in ihr Körbchen, und ich konnte mit Penny anstellen, was ich wollte.

Immer und immer wieder.

Jede Nacht mit ihr offenbart Bekanntes und Unbekanntes. In Spanien trafen wir mit der Heftigkeit eines Meteorschauers aufeinander. Unsere gemeinsame Zeit lief erbarmungslos ab, und trotz aller Unschuld war sie bereit für unsere junge, ungestüme Lust. Jetzt haben wir alle Zeit der Welt, während sich der klare Nachthimmel über uns wölbt, und auch wenn wir uns mit der gleichen Leidenschaft lieben, können wir Neues versuchen und uns ausprobieren.

Es ist unglaublich, dass ich der erste Mann war, mit dem sie geschlafen hat. Und dass sie mich heute immer noch so will wie damals.

Allein der Gedanke daran reicht aus, um meine Männlichkeit zu wecken. Hier, in der Wärme der Nachmittagssonne über dem Central Park, ist meine Erregung in der Gegenwart all dieser Hunde, Ehrenamtlicher, Spender und Teilnehmer, die gerade den Fünf-Kilometer-Lauf beendet haben, allerdings ziemlich unangebracht.

Penny und Shortcake sind natürlich auch mitgelaufen. Gerade unterhält sie sich mit einem blonden Kerl mit Brille, an dessen Seite ein riesiger Mastiff sitzt. Als sie mich entdeckt, erhellt ein Lächeln ihr Gesicht, und sie winkt mir zu. Erfreut gehe ich zu ihr hinüber, um sie zu begrüßen, und strecke dem blonden Mann die Hand entgegen.

»Mitch, das ist Gabriel Mathias«, stellt sie mich vor. »Ihm gehört das Gabriel's in der Christopher Street, und er war so freundlich, hier das Catering zu übernehmen. Du musst unbedingt eines seiner köstlichen Mini-Sandwiches probieren.«

Mitch reibt sich den Bauch. »Das mache ich gleich.«

Dann wendet sich Penny zu mir. »Gabriel, das hier sind Mitch und sein Hund Charlie. Wir kennen uns von der Hundewiese.«

Eine Weile unterhalten wir uns über das Wetter und die Stadt, dann machen Mitch und sein großer Begleiter sich auf zum Buffet.

Flüsternd beugt Penny sich zu mir herüber. »Mitch und ich sind vor einer Weile miteinander ausgegangen. Allerdings nur zwei Mal.«

Unwillkürlich straffe ich die Schultern, weil mich eine Welle der Eifersucht überrollt. »Ach ja?«

Besänftigend lächelt sie mich an. »Ja, aber es hat nicht gepasst. Er ist süß, aber der Funke ist einfach nicht übergesprungen.« Sie stellt sich auf die Zehenspitzen und berührt mit den Lippen meinen Hals. »Du dagegen bist reinstes Feuerwerk.«

Ihre Worte lassen erneut meine Lust aufflackern, aber die Eifersucht ist nicht so schnell zu verdrängen. »Zwei Mal? Dann kann er ja so furchtbar nicht sein.«

Daraufhin verdreht sie nur die Augen. »Entspann dich. Es ist nichts gelaufen.« Sanft legt sie mir eine Hand auf die Brust. »Ich wollte es dir nur sagen, damit du nicht denkst, ich hätte Geheimnisse vor dir, okay?«

Ihr durchdringender Blick sagt mir, dass diese Offenheit wohl ab jetzt Teil unseres Umgangs miteinander ist.

»Aber ja, natürlich«, antworte ich, lege ihr eine Hand in den Nacken und küsse sie besitzergreifend.

Vielleicht noch etwas besitzergreifender als gewöhnlich. Es könnte sein, dass ich sie so heftig küsse, dass sie sich in meinen Armen leicht nach hinten beugen muss. Möglicherweise kreuzt auch die Versuchung, sie zu beißen, meine Gedanken, aber ich kann mich gerade noch zurückhalten.

Als wir den Kuss beenden, richtet sie sich auf und streicht sich mit der Hand das T-Shirt glatt. »Hey, versuchst du hier, dein Territorium zu markieren?«

Mit zusammengezogenen Brauen nicke ich. »Vielleicht, ja.«

Lachend wickelt sie sich die Hundeleine etwas fester um die Hand und sagt: »Ich nehme dein Anliegen zur Kenntnis. Aber jetzt muss ich mich mal mit ein paar Geldgebern unterhalten.«

»Na, dann los«, sage ich und gebe ihr einen kleinen Schubs. Als sie sich abwendet, kehre ich zu den Cateringzelten zurück, spreche mit den Kellnern und Köchen und springe von Zeit zu Zeit ein, um beim Bedienen zu helfen. Persönlich begrüße ich die Gäste, unterhalte mich und tue alles, was in meiner Macht steht, damit das Event ein Erfolg wird.

Allem Anschein nach ist es das auch, jedenfalls der Zahl der Besucher nach zu urteilen. Alles ist voller Hunde und glücklicher Gesichter. Und mittendrin steht Penny mit ihrer kleinen karamellfarbenen Hündin, der perfekten Botschafterin für das Tierheim. Stolz erfüllt mich, während ich zusehe, wie gut sie alles im Griff hat.

Penny ist voll in ihrem Element, und man kann ihre Liebe und Leidenschaft beinahe spüren. Es macht mich glücklich, sie so zu erleben und mit eigenen Augen zu sehen, welche Wirkung sie auf andere Hundeliebhaber hat. Kein

Event hätte besser zu meinem Restaurant passen können, und als das Fest sich langsam dem Ende zuneigt, verlasse ich das Zelt und geselle mich auf der Wiese zu einigen meiner Geschäftspartner, die auch gekommen sind.

Erst als ich einen großen, breitschultrigen Mann entdecke, der auf Penny zugeht, bleibe ich stehen. In seiner Anzughose und dem steifen Hemd wirkt er zwischen all diesen Leuten in Freizeitkleidung irgendwie fehl am Platz. Aber seine Kurzhaarfrisur sitzt perfekt, und es gefällt mir überhaupt nicht, wie sich sofort alle Frauen nach ihm umdrehen. Sein lässiges Grinsen verrät, dass er solche Reaktionen durchaus gewöhnt ist.

Als er bei Penny angekommen ist, lege ich den Kopf schief und beobachte die beiden. Aber aus der Entfernung kann ich nicht verstehen, was sie zueinander sagen. Mit einem tiefen Atemzug rufe ich mir in Erinnerung, dass ich mich nicht einmischen sollte, und laufe weiter durch die Menschenmenge, bis ich endlich eine hübsche rostfarbene Hündin und gleich daneben ein vertrautes Gesicht entdecke.

Ah, Nicole.

Gerade beugt sie sich zu Delaney hinüber, und plötzlich stehen die beiden Schulter an Schulter, als müssten sie sich gegen jemanden verteidigen. Delaney hat sogar die Hände zu Fäusten geballt, und als ich von hinten an sie herantrete, versetzen ihre Worte mir einen Schlag.

»Bin ich froh, dass sie diesen Widerling nicht geheiratet hat«, zischt Delaney Nicole zu.

»Allerdings. Käpt'n Arschloch braucht kein Mensch«, pflichtet Nicole ihr bei.

Wie bitte? Geheiratet?

Ich erstarre zur Salzsäule.

KAPITEL FÜNFZEHN

Penny

In seinem eleganten Aufzug ist Gavin völlig fehl am Platz, aber dargestellt hat er sich schon immer gern. Wie soll man denn sonst auch sehen, dass dieser Mann von Welt in New York genauso zu Hause ist wie überall?

Schließlich ist nicht mal der Himmel vor ihm sicher.

Als wir zusammen waren, hat er die Sexy-Pilot-Nummer bei jeder auch noch so kleinen Möglichkeit abgezogen – und eine Zeit lang hat sie ihre Wirkung auch auf mich nicht verfehlt.

Mittlerweile lässt mich das Ganze kalt. Aber er ist nun mal einer unserer wichtigsten Geldgeber, und auch wenn er nicht in der Lage ist, seinen Schwanz in der Hose zu lassen, hat er eine Menge für unsere Hunde getan, und wie alle bedeutenden Unterstützer war auch er für heute eingeladen.

Es ist schon komisch, wenn man jemanden hassen will, es aber nicht kann, weil er kein durchweg schlechter Mensch ist. Gavin hat schon vor unserer gemeinsamen Zeit eintausend Dollar im Monat gespendet und auch nicht damit aufgehört, als wir uns trennten. Sein Job macht es ihm unmöglich, Haustiere zu halten, also hat er sich stattdessen dazu entschlossen, mein Tierheim zu unterstützen.

»Na, alles klar im Luftraum?«, frage ich und versuche, ungezwungen zu klingen, während ich mir mit der Hand die Augen beschatte.

»Absolut«, antwortet er mit selbstbewusster Stimme. Mit einer geschmeidigen Bewegung nimmt er seine Pilotensonnenbrille ab und steckt sie in den Kragen seines Hemdes. »Ich habe gerade zwei neue Routen nach Paris und Wien übernommen. Da kann ich die Kultur mit vollen Händen ausschöpfen.«

Kultur. Dass ich nicht lache.

»Ja, mit Europa können wir hier einfach nicht mithalten. Was hat dir denn bislang am besten gefallen?« Lächelnd bleibe ich beim Small Talk.

»Auf jeden Fall Paris«, antwortet er, und meine Gedanken schweifen zu Gabriel, denn er ist es, mit dem ich die Welt bereisen will. Sein Abenteuergeist passt einfach perfekt zu meinem.

»Aber ich muss sagen, die Ankunft in New York hat mich wieder an etwas anderes erinnert.«

»Ach ja? Woran denn?«, frage ich höflich, um die Unterhaltung am Laufen zu halten.

Gavin tritt näher, bis uns nur noch wenige Zentimeter trennen. Zu meinen Füßen lässt Shortcake ein tiefes Knurren hören. Wir stehen etwas abseits, neben einer alten Eiche auf einer kleinen Anhöhe.

»Alles okay, Süße«, beruhige ich meine Hündin, bevor ich wieder zu Gavin aufschaue. Seine grünen Augen, der markante Kiefer und die breiten Schultern sind noch genau so attraktiv wie früher. Aber das war es auch schon. Denn auch wenn er ein Herz für Tiere hat – wie man mit Frauen umgeht, muss er erst noch lernen.

»Ich habe mich gewundert, warum du nicht auf meine E-Mail geantwortet hast. Da dachte ich, ich komme einfach vorbei und frage dich persönlich.«

O nein. Ich richte mich auf und straffe die Schultern. Einen Streit kann ich jetzt wirklich nicht gebrauchen.

»Gavin, ich habe nicht geantwortet, weil das mit uns vorbei ist.«

Daraufhin nickt er fast verständnisvoll. Aber dann legt er bittend die Hände aneinander. »Und was ist mit einer zweiten Chance? Glaubst du nicht an so etwas?«

Meine Stirn legt sich in Falten, und ich starre ihn an, als sei er verrückt. Es würde ihn überraschen, wenn er wüsste, wie sehr ich an zweite Chancen glaube. Allerdings nicht, was uns angeht, und ich kann es kaum glauben, dass er die Dreistigkeit besitzt, davon anzufangen.

»Nicht in diesem Fall, nein. Nach dem, wie unsere Beziehung geendet hat, gibt es ganz sicher keine zweite Chance«, antworte ich bemüht sachlich.

Wenn wir hier nicht mitten in der Öffentlichkeit stünden, würde ich einen anderen Ton anschlagen. Dann hätte er sich anhören können, wo genau er seinen untreuen kleinen Schwanz hinstecken könnte. Aber er ist es nicht wert, das Event zu gefährden.

»Gavin, ich weiß wirklich zu schätzen, was du alles für unser Tierheim tust, aber ich hoffe, du verstehst, dass das mit uns einfach vorbei ist.«

Er streckt die Hand nach mir aus, und ich trete instinktiv einen Schritt zurück.

Wieder kommt er näher. »Penny.« Seine Stimme klingt flehend. »Ich weiß, dass du immer heiraten wolltest. Lass uns doch einfach vergessen, was passiert ist, und Ja sagen. Du, ich und Shortcake«, sagt er mit einem kleinen Lächeln, als glaube er, die Erwähnung meines Hundes könne mich umstimmen.

Aufmerksam hebt Shortcake den Kopf, als sie ihren Namen hört.

Gerade als ich den Mund öffne, um etwas zu sagen, fällt mir jemand ins Wort.

»Sie hat Nein gesagt.«

Vor Erleichterung, dass Gabriel plötzlich neben mir steht, werden mir die Knie weich.

Gavins Augen weiten sich erst, dann werden sie zu schmalen Schlitzen. »Ich glaube, das hier geht nur Penny und mich etwas an.«

Betont überlegen hebt Gabriel einen Finger und sagt in belehrendem Tonfall: »Na also, da liegt schon der erste Fehler. Da sie mit mir zusammen ist, dreht es sich ganz offensichtlich nicht mehr um euch beide.« Er legt mir einen Arm um die Schulter und zieht mich fest an sich.

Gabriels Blick schießt von mir zu Gavin und wieder zurück.

»Zudem«, fährt Gabriel fort, »hat sie bereits abgelehnt. Ich glaube, das war dein Stichwort, von hier abzuhauen.«

Und um alle Zweifel auszuräumen, legt Gabriel mir die Hand auf die Wange und küsst mich heftig. Ganz offensichtlich markiert er diesmal wirklich sein Territorium, denn ich kann spüren, wie seine Zähne scharf über meine Lippen fahren. Dieser Kuss ist nicht nur besitzergreifend, in ihm steckt eine gehörige Portion Wut.

Nach fünf Sekunden löst er sich von mir und wirft meinem Ex ein geübtes Lächeln zu. »Aber vielen Dank, dass du Little Friends und die Hunde so unterstützt. Nimm dir doch für den Weg nach Hause noch ein Sandwich mit.«

Wie vor den Kopf geschlagen, reibt sich Gavin mit dem Fingerknöchel über ein Ohr, als könne er nicht so recht glauben, was gerade passiert ist. Aber er weiß, wann das Spiel vorbei ist, denn er verabschiedet sich mit einem halbherzigen Winken und zieht von dannen wie ein kleiner Junge, der sich nach einer Strafpredigt ein neues Lieblingsspielzeug suchen muss.

Gabriel wendet sich mir zu, legt den Kopf schief und spricht mit ruhiger, aber eisiger Stimme. »Also gut, meine Liebe. Gibt es noch jemanden, dem ich hier heute begegnen könnte?«

Der Zorn, den er ausstrahlt, geht direkt auf mich über. »Was zum Teufel soll das denn heißen?«, fauche ich.

Von oben herab sieht er mich an. »Mal überlegen. Ich bin heute schon einem Typen begegnet, mit dem du ausgegangen bist, und jetzt offenbar auch noch dem Arschloch, das du beinahe geheiratet hättest.« Betont nachdenklich streicht er sich übers Kinn. »Komisch. Aus irgendeinem Grund hast du ihn nie erwähnt.«

Mein Zorn steigert sich zu blanker Wut. Wie kann er es wagen?

»Du wolltest es doch gar nicht wissen! Außerdem habe ich ihn *nicht* beinahe geheiratet. Und ganz sicher sollte ich mich auch nicht für die zwei Dates mit Mitch entschuldigen müssen, der übrigens wirklich nett ist«, zische ich mit zusammengepressten Lippen und mache eine Geste in Richtung der Besuchermenge.

»Das hat Käpt'n Arschloch hier offenbar anders gesehen. Das gerade eben hat sich jedenfalls verdammt nach einem Antrag angehört.«

Aus dem Augenwinkel sehe ich, wie Lacey mit einem weiteren unserer großzügigsten Spender auf uns zukommt.

Langsam atme ich durch die Nase ein und durch den Mund wieder aus, versuche meinen Herzschlag zu verlangsamen und meinen Ärger zu verdrängen. Mit gesenkter Stimme wende ich mich wieder an Gabriel: »Das kann ich jetzt gerade nicht mit dir diskutieren. Da drüben kommt einer unserer wichtigsten Geldgeber.«

Bei den letzten Worten macht Gabriel eine spöttische Miene, als glaube er meinen Worten nicht. Was denkt er denn von mir? Dass ich jeden Mann vernasche, der meinen Hunden ein paar Dollar spendet?

»Du benimmst dich wie ein Idiot. Das hier ist echt unfair.«

Er haucht mir einen Kuss auf die Wange, aber seine Worte sind kein bisschen zärtlich. »Unfair ist, wie du dich wegen irgendwelcher *Gerüchte* aus der Presse auf meine ach so schlimme Vergangenheit gestürzt hast, und ich jetzt hier im echten Leben innerhalb weniger Stunden bereits zweien deiner Verflossenen begegnen musste.« Er legt sich eine Hand auf die Brust. »Und ganz ehrlich, das hinterlässt ein ziemlich mieses Gefühl. Vielleicht ist das hier einfach gerade nicht der Ort, an dem ich mich aufhalten sollte.« Er holt tief Luft. »Ich brauche jetzt erst mal etwas Abstand.«

Mit diesen Worten wendet er sich ab und geht. Meine Wut verwandelt sich sofort in Trauer und Schmerz, als ich ihm nachsehe, denn so allein da zu stehen, löst bittere Erinnerungen an jenen Abend am Brunnen in mir aus.

Aber jetzt habe ich keine Zeit, die Sache aus dem Weg zu räumen, jetzt muss ich ein glückliches Gesicht aufsetzen. Shortcake wedelt mit dem Schwanz, als wüsste sie, dass im Moment nur die Liebe eines Hundes helfen kann. Dankbar beuge ich mich zu ihr hinab, kraule sie kurz am Kinn, mache dann ein heiteres Gesicht und kümmere mich ums Geschäft, während mein Herz vor Trauer fast zerspringt.

KAPITEL SECHZEHN

Gabriel

Die Fifth Avenue platzt aus allen Nähten.

Ich setze die Sonnenbrille auf und dränge mich durch die samstagnachmittägliche New Yorker Menschenmenge – Hipster mit hochgekrempelten Jeans und Hornbrille, Mütter in Caprihosen hinter ihren Sportbuggys, daneben die Väter in gestreiften Hemden, junge Pärchen, die eng umschlugen dahinschlendern und deren verliebtes Lächeln von bevorstehenden Nachmittagsfreuden erzählt.

Diese ganzen Leute, dieses ganze Gehabe ist mir zuwider, aber wenn ich auch nur eine Sekunde länger bei diesem Event geblieben wäre, hätte ich etwas gesagt, was ich später bitter bereut hätte. Also bin ich mit zusammengebissenen Zähnen erst von der Picknickwiese durch den Park zur Fifth Avenue gelaufen und jetzt weiter Richtung Süden, neben mir ein gottverdammter Bus, der es einfach nicht schafft, mich zu überholen.

Die Abgase des riesigen Gefährts brennen mir in der Lunge, und ich fahre mir entnervt mit der Hand durch die Haare. Der Ärger liegt mir wie ein Stein im Magen und wird mit jedem Schritt schwerer.

Penny ist alles, woran ich denken kann.

Penny und Mitch.

Penny und Gavin.

Als der Bus ächzend neben mir zum Stehen kommt, kann ich die Enge von New York nicht mehr ertragen.

Ich überquere die Straße Richtung Osten, weg vom Stadtzentrum. Weg von der Frau im Park, die eine Seite an mir hervorbringt, die mir nicht gefällt.

Im Laufen ziehe ich mein Handy aus der Tasche und klicke die Playlist an, die ich letzte Woche nach Tinas Empfehlungen erstellt habe. Aber *Pizza for Breakfast* erinnert mich an Penny, also entscheide ich mich stattdessen für ein klassisches Cellostück, das Tina früher selbst einmal gespielt hat. Die Kopfhörer in den Ohren, drehe ich die Musik bis zum Anschlag auf und schließe alle anderen Apps. Nicht, dass Penny geschrieben oder angerufen hätte. Offenbar will sie nicht mit mir reden.

Vielleicht ist es besser so. Im Moment wüsste ich ohnehin nicht, was ich sagen soll.

Ich kann nicht einmal sagen, warum ich mich so … betrogen fühle. Oder enttäuscht? Verletzt?

Nein, das ist es alles nicht.

Sauer?

Ja, das trifft es schon eher. Sie hätte mir verdammt noch mal sagen sollen, dass sie beinahe geheiratet hätte, oder etwa nicht? Ich will nicht im Park über ihren Ex-Freund stolpern. Und auch sonst nirgendwo.

Vor allem nicht, wenn ich daran denke, wie sehr sie sich über alles aufgeregt hat, was man mir nachsagt.

Das ärgert mich am meisten.

Doch als der beruhigende Klang des Cellos zu mir durchdringt und den Lärm von New York dämpft, wird mir klar, dass das eigentlich auch nicht der Punkt ist.

Im Schaufenster einer Buchhandlung, an dem ich vorübergehe, liegt ein Buch über moderne Kunst aus, ein brandneuer Bildband mit Hochglanzfotos und einem Mark Rothko auf dem Cover. Mein Blick fällt darauf, deshalb bleibe ich stehen und sehe mir das Bild an. Es erinnert mich an unseren gemeinsamen Abend im Museum of Modern Art.

Der Zorn in meiner Brust löst sich langsam auf und macht den Blick für einen neuen Gedanken frei.

Es liegt gar nicht an ihr. Es liegt an mir.

Nachdenklich rufe ich mir den Abend im Museum in Erinnerung, und als mir wieder einfällt, was ich dort zu ihr gesagt habe, muss ich an Tinas Urteil über meine Persönlichkeit denken.

Nicht mein Ruf als »Sexiest Chef alive« ist es, der mir im Weg steht, wie Tina gesagt hatte. Das spielt überhaupt keine Rolle. Sicher, auch ich habe eine Vergangenheit, und ja, ich habe die Gesellschaft von Frauen immer genossen. Aber diesen Lebensstil für die Eine aufzugeben, die mir alles gibt? Nichts leichter als das. Das Dating-Karussell fehlt mir nicht im Geringsten, denn Penny verkörpert alles, was ich jemals brauchen könnte.

Aber Tina hatte mit dem Thema Identität nicht ganz unrecht. Es liegt nur nicht daran, wie ich mich selbst sehe, sondern daran, wie ich Penny sehe.

Der Kern des Ganzen ist das, was ich neulich Abend im Museum zu ihr gesagt habe.

»Außerdem hat mein Gehirn diesen fantastischen Trick drauf. Es blendet einfach jeden Gedanken an das aus, was du nach deiner Abreise in Barcelona bis zu dem Moment getan hast, als du neulich in meinem Restaurant aufgetaucht bist.«

Penny ist sowohl das süße, unschuldige Mädchen aus Barcelona als auch die sexy, selbstbewusste Frau von heute. Sie ist die Jungfrau und die Geliebte, Vergangenheit und Gegenwart.

Aber vor allem ist sie während der letzten zehn Jahre sie selbst gewesen, und das habe ich vollkommen ausgeblendet.

Diese zehn Jahre ihres Lebens ohne mich habe ich bisher ignoriert, sie nur als etwas gesehen, das ganz und gar mir gehört. Und auch wenn es genau das ist, was ich will, ist es doch schlichtweg ungerecht gegenüber der Frau, die sie heute ist – der Frau, in die ich mich gerade zum zweiten Mal verliebt habe. Und genau das wirft mich so aus der Bahn. Nicht die Tatsache, dass sie mir von irgendeinem Vollidioten erzählt hat, mit dem sie mal ausgegangen ist – wir haben schließlich alle unsere Fehler gemacht –, sondern dass meine Vorstellung, Penny gehöre einzig und allein mir, damit in tausend Stücke zersprungen ist.

Und das ist in Ordnung so.

Um unserer Zukunft willen muss ich akzeptieren, dass sie zwischen unserer Zeit in Barcelona und jenem Vormittag vor zwei Wochen ihr eigenes Leben geführt hat.

Okay, Details brauche ich nicht zu erfahren, und ganz bestimmt will ich nicht zu lange darüber nachdenken. Auch wenn ich mir sicher bin, dass die Liste ihrer Männer nicht allzu lang ist. Aber ich darf nicht zulassen, dass eine völlig normale Dating-Geschichte mich in den Wahnsinn treibt. Vor allem nicht, wenn es einem Leben an der Seite der Frau, die ich liebe, im Weg steht.

Natürlich ist sie nicht unberührt wie frisch gefallener Schnee, wie sie neulich so scherzhaft meinte, aber das soll sie auch nicht sein. Schließlich bin ich es ebenfalls nicht.

Solange wir jetzt nur noch Augen füreinander haben – und genauso ist es –, gibt es kein Problem. Und deshalb muss ich mich bei ihr dafür entschuldigen, dass ich mich benommen habe wie ein eifersüchtiger Gockel. Denn wenn sie diese Gefühle in mir weckt, liegt das nur daran, dass ich sie für mich allein haben will, und zwar für immer.

Mit einem Blick auf die Uhr löse ich mich vom Schaufenster der Buchhandlung und beschleunige meine Schritte zurück in Richtung Park.

Nur an einem Süßwarenladen bleibe ich noch einmal kurz stehen.

KAPITEL SIEBZEHN

Penny

Ich halte tatsächlich bis zum Ende des Events durch. Die ganze Zeit über spreche ich mit unseren Geldgebern und spiele mit ihren Hunden, kraule Labradoren das Kinn, streiche Dackeln über den Rücken und schüttle die Pfoten zahlloser Jack-Russell-Terrier.

Unser Charity-Event ist ein Riesenerfolg, bereits jetzt sieht es so aus, als hätten wir unser Ziel weit übertroffen. Und alle sind begeistert vom Essen und reden davon, Gabriels Restaurant möglichst bald einen Besuch abzustatten.

Nur ich bringe keinen Bissen runter.

Als die letzten Gäste gehen und Lacey und ich zusammenpacken, versuche ich erneut, den Schmerz in meiner Brust zu verdrängen.

Mit einem tiefen Atemzug rufe ich mir in Erinnerung, dass ich auch früher schon verletzt und mit diesem der Liebe ganz eigenen Schmerz fertiggeworden bin. Also schaffe ich das auch diesmal.

Aber schon als ich mich von meiner Assistentin verabschiede, kehrt das Gefühl in meiner Brust zurück. Der Schmerz stammt nicht von der Narbe, die ich trage, seit ich vor zehn Jahren allein an diesem Brunnen stand, sondern von einer neuen, frischen Wunde. Denn diesmal kam die Enttäuschung erst nach der schönsten Wiedervereinigung, die ich mir jemals hätte vorstellen können.

Ein müdes Winseln zu meinen Füßen weckt mich aus meinen Gedanken, und ich sehe zu Shortcake hinab. Erschöpft von ihrer Rolle als Tierheim-Maskottchen liegt sie auf der kühlen grünen Wiese und hat alle viere von sich gestreckt.

»Du hast vollkommen recht, Shortcake.« Ich lasse mich neben sie fallen, was sie als Aufforderung betrachtet, mir über das Gesicht zu lecken. Als ich ihre feuchte Zunge auf der Wange spüre, muss ich lachen.

Und das Lachen fühlt sich gut an.

Es erinnert mich daran, dass das Leben schön ist, dass die Liebe schön ist und ich vielleicht die Tür nicht so voreilig zuschlagen sollte. Nur weil Gabriel mich schon einmal verletzt hat, heißt das nicht, dass er es wieder tun wird. Ein kleiner Streit bedeutet nicht gleich das Ende, schließlich gilt in der Liebe nicht alles oder nichts. Die Liebe kennt tausend Facetten, und manche Tage sind eben besser als andere. Es wird immer Licht und Schatten geben. Aus irgendeinem Grund hatte ich im ersten Moment das Gefühl, dass Gabriels Verschwinden das Aus für uns ist. Aber vielleicht musste er sich ja auch einfach nur etwas abkühlen – so wie Shortcake.

Liebevoll ziehe ich meine karamellfarbene Hündin zu mir herüber und küsse das weiche Fell zwischen ihren Ohren. »Ich liebe dich«, erkläre ich ihr, was sie mit einem extra feuchten Kuss belohnt.

»Das würde ich jetzt auch gern machen.«

Blitzartig richte ich mich auf, als ich seine Stimme höre.

»Hi«, sage ich überrascht. Noch bevor ich aufstehen kann, lässt er sich neben mir ins Gras fallen. In der Hand hält er eine kleine weiße Papiertüte.

»Es tut mir leid«, sagt er zerknirscht und sieht mich mit aufrichtigem Bedauern an.

»Gut so. Du warst nämlich wirklich unfair«, entgegne ich mit Nachdruck, aber meine Stimme klingt sanft. »Du wolltest nichts über die Vergangenheit wissen, das hast du selbst gesagt.«

Auch sein Lächeln ist voller Reue. »Ich weiß, Penny. Ich habe einfach das Gefühl, dass du nur mir gehörst. Ich weiß, das ist ungerecht.«

»Schon okay.« Meine Lippen zucken. »Mir tut es auch leid.«

Verwirrt sieht er mich an. »Was tut dir leid? Ich war es doch, der sich danebenbenommen hat.«

»Dass ich Gavin nie erwähnt habe«, sage ich.

Als Antwort schüttelt er den Kopf und nimmt meine Hand. Sofort drängt sich Shortcake zwischen uns und leckt ihm den Unterarm, genau auf der Karte von Europa. Zart streicht Gabriel ihr über den Kopf, und der Anblick bringt mich zum Schmelzen.

»Nein, Penny. Du bist mir keine Rechenschaft über deine Verflossenen schuldig. Es war blöd von mir, wie ein eifersüchtiger Irrer zu reagieren.«

Plötzlich muss ich grinsen. »Seltsamerweise mag ich deine eifersüchtige Seite. Zumindest teilweise«, gebe ich zu.

Er lacht auf. »Welchen Teil genau?«

Ich rücke näher an ihn heran. »Den Teil, der mich ganz für sich allein haben will.«

»Das ist kein Teil. Das ist das Gesamtpaket«, erwidert Gabriel. Shortcake hat mittlerweile die weiße Papiertüte entdeckt und beschnüffelt sie interessiert.

Ich höre ihm zu, und plötzlich ergibt alles einen Sinn. Was er zu mir gesagt, wie er reagiert hat. Und dass er so besitzergreifend ist.

»Du hast wirklich das Gefühl, ich gehöre dir?«

Mit einem Nicken antwortet er: »Irgendwie schon. Und ich weiß, dass es nicht richtig ist. Immerhin sind zehn Jahre vergangen, natürlich hattest du andere Beziehungen. Es ist vollkommen bescheuert von mir, zu denken, ich sei immer der Einzige für dich gewesen, auch wenn der Höhlenmensch in mir genau das will. Ich hätte nicht erwarten dürfen, dass du mir von deiner Vergangenheit erzählst, da ich im Museum doch selbst gesagt habe, dass ich mich gern der Illusion hingebe, du hättest keine anderen Männer gehabt.« Mit einem schiefen Grinsen schaut er mich an.

Lächelnd strecke ich eine Hand nach seinem Haar aus und berühre die Spitzen. »Ich hatte tatsächlich ein paar Affären, aber den Großteil meiner Zeit habe ich mit den Hunden, meiner Arbeit und meinen Freundinnen verbracht. Ich bin niemand, der sich leicht auf eine Beziehung einlässt. Außerdem waren Gavin und ich nie verlobt. Ich dachte, er würde mir einen Antrag machen, aber er hat es nie getan. Und selbst wenn, hätte ich Nein gesagt. Ich habe Schluss gemacht, weil er mich die ganze Zeit über betrogen hat.«

Gabriel schnaubt. »Was für ein mieser Kerl! Der sollte überhaupt keine Frau abbekommen.«

»Aber das ist nicht der eigentliche Grund, warum unsere Beziehung in die Brüche gegangen ist.«

Stirnrunzelnd blickt er mich an. »Warum dann?«

Meine Finger fahren durch sein Haar. Ich liebe es einfach – diese vollen, weichen Strähnen, die ihm diesen sexy

Rockstar-Look verpassen. »Ich habe ihn nicht genug geliebt. Eigentlich habe ich ihn gar nicht geliebt.«

»Nein?«

Seufzend schüttle ich den Kopf. Als ich weiterspreche, ist meine Stimme leise. »Ich hatte mein Herz schon vor langer Zeit verschenkt, damals, im Park Güell. Und niemand anderes konnte es je zurückerobern.«

Das ist die Wahrheit. Mich so zu offenbaren fällt mir schwer, und ich fühle mich furchtbar verletzlich.

Doch Gabriel legt nur sanft seine Stirn an meine und atmet tief aus, langsam, glücklich.

»Du warst immer die Einzige für mich, Penny.« Vorsichtig setzt er sich auf, streicht mir mit den Fingerspitzen über das Kinn und sieht mich an. »Und du bist es heute noch.«

Gerade als ich mich vorbeugen will, um ihn zu küssen, hebt er einen Finger. »Ich habe dir etwas mitgebracht.«

»Was denn?«, frage ich erstaunt.

»Wenn ein Mann Mist gebaut hat, sollte er seiner Frau immer ein Geschenk mitbringen. Erst sollte er sich entschuldigen, dann das Geschenk überreichen und dann kommt noch ein dritter Punkt. Aber zunächst … das hier.« Mit einem Lächeln öffnet er die kleine Papiertüte, greift hinein und holt eine noch kleinere, durchsichtige Tüte heraus.

Karamell.

Ich strahle. Es sind nur ein paar Bonbons, aber sie bedeuten so viel mehr. Er hat sie mir mitgebracht, weil er mich verletzt hat. So verhält man sich in einer echten Beziehung – man macht einen Fehler, entschuldigt sich, vergisst die Angelegenheit und lebt weiter. Liebt weiter.

»Probier mal«, fordert er mich auf und holt eines der eingepackten Karamellbonbons aus der Tüte. »Ich mag es, wenn du nach Karamell schmeckst.« Gespielt nachdenklich streicht er sich über das Kinn. »Nein, Blödsinn. Ich mag immer, wie du schmeckst.«

Seine Hand schließt sich um meine, und er küsst mich innig. In seinem Kuss liegt alles gleichzeitig – die Vergangenheit, das Hier und Jetzt und unsere Zukunft.

Aber etwas, das er vorhin gesagt hat, lässt mir keine Ruhe, und ich beende den Kuss und sehe ihn herausfordernd an. »Was war das Dritte, das ein Mann tun sollte, wenn er Mist gebaut hat?«

Mit einem Lächeln steht er auf und zieht mich auf die Füße. »Warum gehen wir nicht zu dir und ich zeige es dir?«

In dieser Nacht in meinem Bett bringt er mich öfter zum Höhepunkt, als ich zählen kann.

Als der Morgen graut und das erste Sonnenlicht durch die Fensterläden fällt, ist unser Streit im Park vergessen und wir schlafen endlich ein – er, ich und Shortcake, die sich zwischen uns gekuschelt hat.

EPILOG

Gabriel

Zwei Monate später

Ein Blick auf die Uhr verrät mir, dass es fast sechs Uhr abends ist. Wir sind zum Essen verabredet und wollen danach noch zu einem Konzert gehen. Allerdings bin ich zu früh von Zuhause aufgebrochen und stehe schon seit zehn Minuten hier.

Hinter mir höre ich das Rauschen der Wasserfontänen. Die Tage werden kürzer, und die Luft ist kühl.

Ich warte auf sie. Für einen kurzen Moment stelle ich mir vor, wie schrecklich es sich für sie angefühlt haben muss, damals, allein an diesem Brunnen.

Und nie werde ich vergessen, wie schwer es auf der anderen Seite der Welt für mich war.

Doch alle Gedanken an die Vergangenheit verfliegen, als sie die Treppe heraufkommt, denn heute Abend sind wir Teil einer neuen Geschichte.

Penny, meine wunderschöne Penny, trägt eine kurze schwarze Jacke, die ihre schlanke Taille betont. Und High Heels, wie immer.

Ihre nackten Beine sind der Wahnsinn, und ihr langes Haar fällt weich über ihre Schultern. Unweigerlich stelle ich mir vor, wie ich später meine Hände in diesen vollen Strähnen vergrabe.

Aber jetzt ist nicht der richtige Zeitpunkt für solche Gedanken.

Lächelnd kommt sie auf mich zu. Die letzten Schritte gehe ich ihr entgegen und schließe sie in die Arme – ohne ein Wort zu sagen, küsse ich sie. Ich kann nicht anders. Ihr warmer Körper schmiegt sich an meinen, und genau das ist es, was ich will, jetzt und für immer.

»Hallo«, sagt sie atemlos, als wir uns voneinander lösen.

»Guten Abend«, gebe ich zurück und fahre mit der Hand über die Vorderseite ihrer Jacke zum Kragen, wo man ein Stück roten Stoff aufblitzen sieht. »Du trägst ein rotes Kleid.«

Ihr unschuldiges Schulterzucken ist irgendwie sexy. Sie deutet mit dem Kopf auf den Brunnen und sagt: »Schien mir bei diesem Treffpunkt passend.«

»Ich wollte, dass wir diesen Teil unseres Wiedersehens endlich nachholen. Hier am Brunnen, weil es damals nicht geklappt hat«, sage ich nach einem tiefen Atemzug und sehe ihr tief in die Augen. Mit leicht geöffneten Lippen erwidert sie den Blick. »Jetzt, da wir wieder zusammen sind, glaube ich fest daran, dass es so sein sollte. Es war Schicksal, dass wir uns erst jetzt wiedergesehen haben. Ich glaube, wenn wir uns vor zehn Jahren hier getroffen hätten, hätten wir unsere Chance auf das Glück verspielt. Wir waren jung und naiv, ich glaube, wir hätten einfach zu viele Fehler gemacht.«

Ein Lächeln breitet sich auf ihrem Gesicht aus. »Vielleicht hast du recht. Wer weiß, was geschehen wäre, das uns am Ende wieder auseinandergebracht hätte.«

Zu wissen, dass sie mich versteht, macht mir das Herz leicht. Sie weiß genau, was in mir vorgeht. »Möglicherweise haben wir all diese Jahre gebraucht, um beim zweiten Mal alles richtig zu machen.«

Aus ihren Augen strahlt das Glück, das auch ich empfinde. »Und diesmal bin ich mir der Sache umso sicherer. Ich finde, es fehlt nur noch eines.«

Mit ernstem Blick ergreife ich ihre Hände und falle vor ihr auf die Knie.

»Gabriel«, flüstert sie, und ihre Augen werden groß. Wenn sie meinen Namen sagt, schlägt mein Herz schneller, und ich hoffe sehr, dass sie das hier genauso will wie ich. Aufgeregt ziehe ich den Ring aus der Tasche, und ein strahlend geschliffener Diamant blitzt vor ihr auf.

»Lass uns diese zweite Chance nutzen. Für immer. Willst du mich heiraten?«

Tränen fließen über ihre Wangen, als auch sie sich auf die Knie fallen lässt und die Arme um mich schlingt. »Ja, ja, ja!«

Penny

Manchmal gibt es einen Grund, warum einem ein Unglück widerfährt. Manchmal macht der Schmerz uns stärker. Nach jenem Abend vor zehn Jahren hätte ich nie geglaubt, dass dieser Ort hier – der romantischste Ort in ganz Manhattan – mir jemals irgendetwas anderes bedeuten könnte als unendlichen Liebeskummer. Doch als ich jetzt hier stehe und der Ring an meinem Finger im letzten Licht der Abendsonne glitzert, während um uns herum die Wasserfontänen in den Himmel steigen, beginnt eine ganz neue Geschichte. Und dieses Mal gibt es ganz sicher ein Happy End.

»Ich habe immer gehofft, dass ich dich irgendwann einmal wiedersehe«, sage ich mit einem Lächeln durch meine Tränen hindurch.

»Es ist nicht einfach nur ein Wiedersehen, Penny. Von jetzt an wirst du nie mehr allein sein.«

»Ein schöneres Schicksal kann ich mir nicht vorstellen.«

Denn manche Dinge sind einfach vorherbestimmt.

Danksagung der Autorin

Danke KP Simmon für alles, und danke an meine Lektoren, die das hier zum Strahlen gebracht haben – Lauren McKellar, Karen Lawson und alle anderen, die ihre Adleraugen eingesetzt haben.

Ein großes Dankeschön geht auch an Dena Marie, die mich angespornt und mich den ganzen Weg auf der Suche nach Ideen begleitet hat, sowie an Jen McCoy, die wie immer alles gegeben hat.

Vielen Dank an meine Familie, meinen Mann und an meine wunderbaren Hunde! Und vor allem vielen Dank an meine Leserinnen und Leser.

Xoxo
Lauren

Ein Versprechen. Zwei Herzen. Drei Regeln.
Vier Wochen, um sie alle zu brechen.

KATI WILDE

Lost in a Kiss

Als Aspens beste Freundin Bethany sie auf einen vierwöchigen Roadtrip zur Feier ihres College-Abschlusses einlädt, hegt Aspen gemischte Gefühle. Hauptsächlich, weil Bethanys überfürsorglicher Bruder Bram dabei sein wird, mit dem sie immer wieder aneinandergerät und der scheinbar keine allzu hohe Meinung von ihr hat. Aber Aspen ist entschlossen, das Beste aus der Reise zu machen und irgendwie mit Bram zurechtzukommen.
Doch dann springt Bethany in letzter Sekunde ab. Aspen, die als Einzige den Grund dafür kennt, tritt den Roadtrip mit Bram allein an. Als sich Aspens Gefühle für Bram mit der Zeit verändern und alles bisher Unausgesprochene zwischen ihnen ans Licht kommt, riskiert sie nicht nur, ihr Herz zu verlieren …

KNAUR

Leseprobe
aus:

KATI WILDE

Lost in a Kiss

Aus dem Amerikanischen
von Karla Lowen

Die Print-Ausgabe ist ab dem 01.10.2018,
die eBook-Ausgabe ab dem 01.09.2018 erhältlich.

KNAUR

Die amerikanische Originalausgabe erschien 2017 unter dem Titel »Going Nowhere Fast« bei Intermix, published by Berkley, an imprint of Penguin Random House LLC.

Deutsche Erstausgabe Oktober 2018
Knaur Taschenbuch

Ein Imprint der Verlagsgruppe
Droemer Knaur GmbH & Co. KG, München

Redaktion: Catherine Beck
Covergestaltung: ZERO Werbeagentur, München
Coverabbildung: FinePic®, München / shutterstock
ISBN 978-3-426-45266-0

1

Brauchst du Geld für eine Kaution?

Die Nachricht meiner Mutter erreicht mich, als der Bus an der Haltestelle vor Walmart einfährt. Nur ein Satz, und das flaue Gefühl im Magen, das mich seit Wochen begleitet, wird stärker.

Die Zeit reicht noch für eine Antwort, bevor ich einsteige. *Warum? Steckt Nash mal wieder in Schwierigkeiten?*

Wenn ja, werde ich mich darum kümmern müssen. Mom kommt erst morgen zurück – aus ihrem ersten Urlaub, seit mein Dad vor sieben Jahren gestorben ist.

Ich werde es meinem Bruder nie verzeihen, wenn er ihr die Reise vermiest.

Gelegentlich beschließt Nash, sein Leben in den Griff zu bekommen, und kehrt nach Hause zurück, wo er auf eine solide Basis aufbauen kann. In den meisten Fällen sucht er aber nur ein paar Wochen Unterschlupf bei Mom, weil ihm mal wieder alle anderen Möglichkeiten ausgegangen sind. Seine letzte Rückkehr gehörte in die Kategorie »Leben in den Griff bekommen«. Er arbeitet jetzt an einer Tanke in der Nachbarschaft und hält sich laut Mom ganz gut. Doch wenn sie nur ein paar Tage aus dem Haus sein muss, damit er in alte Gewohnheiten zurückfällt, weiß ich nicht, wie er sein Leben *jemals* in den Griff bekommen will.

Und Mom wird einfach immer wieder dafür zahlen.

Der Bus ist voll, doch ich entdecke einen Platz ganz hinten – oder besser gesagt einen halben, denn der Typ auf dem Fensterplatz übt sich im Manspread. Sein linkes Knie ragt weit in meinen Fußraum und zwingt mich zu einer verkrampften Sitzhaltung, die Knie schräg im Gang, den neuen Schlafsack an die Brust gedrückt. Natürlich merkt er nichts davon, denn er hat die Augen geschlossen und Stöpsel in den Ohren.

Idiot, denke ich und überlege, ihm »versehentlich« den Ellbogen in die Flanke zu rammen, doch mein Handy summt und rettet ihn.

Die Kaution ist für dich. Ein grinsender Smiley begleitet Moms Antwort. *Wenn du Bethanys Bruder ermordet hast.*

Ich ersticke mein Schnauben im zusammengeknautschten Nylongewebe. In einer guten Stunde starte auch ich in den Urlaub – zu einer vierwöchigen Reise mit meiner besten Freundin und ihrem Bruder Bramwell Gage. Und obwohl ich nicht vorhabe, ihn umzubringen, werde ich vermutlich stündlich mit dem Gedanken spielen.

Für wie dumm hältst du mich, schreibe ich zurück. *Wenn ich ihn ermorde, dann doch nicht heute. Ich warte, bis wir durch eine einsame Landschaft wandern. Wenn sie mich nicht erwischen, brauche ich auch keine Kaution, oder?*

Wie clever von dir. Man sieht, dass du deinen schicken neuen Bachelor nicht umsonst gemacht hast. Ihre Stimme ist mir so vertraut, dass ich den trockenen Ton im Ohr habe, während ich die Nachricht lese.

Ja, so clever, dass mir gerade noch was viel Besseres eingefallen ist: Knack doch den Jackpot, wo du schon in Vegas bist. Dann kannst du meinen Anwalt bezahlen, wenn sie mich doch erwischen.

Meine teuerste Aspen, ich liebe dich über alles, aber wenn ich den Jackpot knacke, stehen deine Anwaltskosten ganz unten auf der Liste der Schulden, die ich begleichen werde.

Der Kommentar verpasst mir einen Dämpfer. Ihr Ton bleibt scherzhaft, aber ich möchte niemals zu ihrem Schuldenberg beitragen.

Dann muss ich wohl einfach nett zu Bram sein und über unseren unguten Start hinwegsehen.

Genau, nachdem du ja so leicht verzeihst. Der angefügte Smiley verdreht die Augen.

Ich habe guten Grund, sauer auf ihn zu sein. *Ich werde ihn mit Küssen überschütten und in die Arme schließen. Wenn ich fest genug zudrücke, plumpst ihm vermutlich ein Diamant aus dem Hintern, so verklemmt, wie er ist. Dann bin ich reich, und wir können uns den Anwalt doch noch leisten.*

Deine Tante Clara meint, sie weiß nicht, was sie schlimmer findet: die Vorstellung von Plumps-Diamanten oder davon, sie aufzusammeln, wenn man weiß, woher sie stammen.

Sag ihr, BRAM ist schlimmer.

Nur zur Information: Solltest du mir je einen Diamantring schenken, werde ich ihn nicht tragen.

Sollte ich dir je einen Plumps-Diamanten schenken, hoffe ich, dass du ihn verkaufst. Und alle Geldsorgen los bist. *Kannst du Tante Clara fragen, wie kalt es nachts am Newberry-Campingplatz wird?*

Ziemlich kalt. Zwischen drei und sechs Grad.

Mist. Aber eigentlich logisch. Auf einem Berg in der Hochwüste von Oregon ist es nachts nun mal kalt. Mein

Blick fällt auf den Nylon-Schlafsack in meinem Schoß. Er war nicht das billigste Modell aus dem Walmart-Sortiment, aber fast – und das Beste, was ich mir leisten kann. Leider werde ich damit erfrieren.

Nicht, dass ich Mom davon erzählen und sie in Sorge versetzen würde. *Okay, danke.*

Clara meint, du sollst dich bei Aaron und Anna melden, wenn ihr nach Bend kommt. Vielleicht könnt ihr euch treffen.

Mein Cousin und meine Cousine, beide älter als ich – Anfang dreißig. Die wenigen Male, wenn wir uns im Urlaub gesehen haben, sind wir zwar gut miteinander ausgekommen, aber vermutlich haben sie Besseres zu tun, als sich mit mir abzugeben. Ich glaube, Mom denkt sie sich immer noch als Teenager – und Aarons und Annas Bild von mir ist vermutlich immer noch das einer Zehnjährigen, die mal einen Sommerurlaub mit ihnen im Pine Valley verbracht hat, was nicht weit von der zweiten Station auf unserer Reise entfernt ist.

Ich habe ihre Nummern nicht im Handy. Kannst du meine weitergeben und ihnen sagen, dass ich nächste Woche da bin? Ich erwarte keinen Anruf, aber Mom wird sich freuen, dass ich mich bemühe. *Ich bin voraussichtlich ein paar Tage in der Gegend.*

Wird gemacht. Gib mir Bescheid, wenn ihr in der Timberline Lodge ankommt. Schick mir Fotos.

Mach ich, verspreche ich, und plötzlich brennt meine Kehle, weil ich weiß, was sie nicht schreibt. Eigentlich wollten sie und Dad ihren zwanzigsten Jahrestag im Ferienresort Mount Hood verbringen. Doch dann wurde bei Dad Knochenkrebs diagnostiziert. Er hat es bis zum Jahrestag geschafft, war aber zu schwach für irgendwelche Reisen. Es wäre ohnehin nichts geworden. Zu dem Zeitpunkt hatten die Behandlungskosten bereits ihre Ersparnisse aufgefressen und sämtliche Kreditrahmen gesprengt. Auch sieben Jahre später müht sie sich noch ab, die Schuldenberge abzubezahlen, aber sie wachsen immer weiter.

Aber niemanden ermorden, ermahnt sie mich noch mal.

Ich garantiere für nichts.

Im Grunde mache ich mir keine großen Sorgen um Bram. Er hat mich bei jeder Begegnung davon überzeugt, dass er ein geschniegelter verklemmter Kontrollfreak mit beeindruckendem Überlegenheitskomplex ist, doch ich bin wild entschlossen, mich mit ihm zu arrangieren.

Ich sorge mich um seine Schwester. Und um mich, wenn ich ehrlich bin – denn ginge es nicht um Bethany, würde ich absagen und zu Hause bleiben.

Dabei hatte ich mich auf die Reise gefreut. Ein paar Tage auf dem Mount Hood, danach in Central Oregon. Anschließend runter nach Kalifornien, an den Mount Shasta, und die letzte Woche am Lake Tahoe. Bethany hat sich diese Reise von Bram zum Abschluss gewünscht. Anscheinend hat ihre Familie diese Tour jeden Sommer gemacht, bevor ihre Eltern vor acht Jahren bei einem Autounfall ums Leben kamen. Damals war Bram neunzehn und Bethany vierzehn.

Ich wurde erst nachträglich mit eingeplant. Bethany hatte sich die Reise irgendwann um Weihnachten herum von ihrem Bruder gewünscht, mich hat sie erst vor einem Monat gefragt. Schätzungsweise musste sie Bram erst dazu überreden.

Obwohl ich auch nicht sonderlich scharf auf seine Gesellschaft bin, habe ich sofort zugesagt. Zum einen, weil ich mir eine solche Gelegenheit nicht entgehen lassen sollte – unwahrscheinlich, dass ich so bald wieder über einen vollbezahlten Urlaub stolpere –, und zum anderen, weil Bethany mich dabeihaben möchte. Wir haben uns jetzt vier Jahre lang ein Zimmer geteilt, doch ab Herbst studieren wir an verschiedenen Unis in verschiedenen Städten: Sie am MIT in Cambridge, ich an der Seattle University. Sie meint also, wir könnten die unvermeidliche Trennung hinauszögern.

Bis vor ein paar Wochen war ich auch sehr dafür, unsere gemeinsame Zeit zu verlängern. Ich wollte diese Reise. Für mich. Denn immer, wenn ich an die Zukunft denke, befällt mich schreckliche Atemnot.

Ich weiß, dass ich nur ein wenig ausgebrannt bin. Das letzte Jahr war heftig. Die Bewerbung am Graduiertenkolleg, die Abschlussarbeit schreiben, ein Paper nach dem anderen abgeben, die Vorbereitung auf die Abschlussprüfungen.

Also dachte ich, ein paar Wochen Abwechslung, in denen ich mal *nicht* an meine Zukunft denke, könnten mir wieder einen klaren Kopf verschaffen.

Leider ist es nie so einfach. Vor ein paar Wochen habe ich herausgefunden, dass mir zur Finanzierung des Studiengangs nichts anderes übrig bleibt, als den fetten Bildungskredit aufzunehmen, den ich bisher vermeiden konnte. Ich weiß, dass Tausende Studenten einen Kredit aufnehmen und wundervoll damit klarkommen, aber ich habe gesehen, wie meine Mutter in den letzten sieben Jahren gekämpft hat, und diese Erfahrung verstärkt mein ohnehin schon ungutes Gefühl.

Ich will keinen Urlaub. Ich will mir einen Job suchen und herausfinden, wie ich zwei weitere Jahre studieren kann, ohne in einem Berg aus Schulden zu versinken.

Und es ist wirklich krank, aber einen Moment lang habe ich mir allen Ernstes gewünscht, mein Bruder Nash hätte tatsächlich etwas angestellt. Dann hätte ich einen Grund gehabt, zu Hause zu bleiben.

Ginge es allein um Urlaub, hätte ich längst abgesagt. Ich glaube aber, Bethany möchte mich nicht nur als Reisebegleitung dabeihaben. Das letzte Jahr mag heftig für mich gewesen sein, doch für sie war es die Hölle, und sie ist noch immer wackelig auf den Beinen. Deshalb glaube ich, sie möchte jemanden als Puffer zwischen sich und ihrem übertrieben fürsorglichen Bruder haben, obwohl sie es nicht ausdrücklich gesagt hat. Und dieser Puffer bin ich. Also *werde* ich mich mit Bram verstehen.

Und wenn es mich umbringt.

2

Der ungute Anfang zwischen Bramwell Gage und mir war wirklich nicht meine Schuld, sondern ganz allein seine, denn er hat seiner Schwester im ersten Semester nach zwei Wochen einen Überraschungsbesuch abgestattet.

So was tut man doch einfach nicht. Das ist Regel Nummer eins für einen rücksichtsvollen Umgang zwischen Erwachsenen: Man fällt nicht unangemeldet ins Haus – und auch nicht ins Studentenwohnheim. Man ruft vorher an. Die einzige Ausnahme gilt für Eltern, aber nur, solange die Kinder unter ihrem Dach wohnen.

Diese Ausnahmeregel ist vermutlich der Grund, warum sich Bram eingebildet hat, er könnte einfach auf dem Campus erscheinen. Schließlich war er für eine Weile Bruder und Vater zugleich für Bethany gewesen. Das verstehe ich. Er war es gewohnt, nach ihr zu sehen und sich zu vergewissern, dass es ihr an nichts fehlt.

Trotzdem hätte er vorher anrufen können. Dann hätte Bethany nämlich nicht geglaubt, sie hätte an diesem Freitagabend frei. Und ich hätte ein anderes Wochenende abgewartet, um meine neue schüchterne Zimmergenossin aus ihrem Schneckenhaus zu locken, indem ich sie überrede, mit mir auf einen Rave zu gehen. Dabei waren wir gar nicht lange unterwegs gewesen. Wie sich herausstellte, vertrug sie keinen Alkohol. Ich war gerade mal leicht angeheitert, als ich merkte, dass sie stockbesoffen war und wir nach Hause mussten.

An der Eingangstür von unserem Gebäude liefen wir dann in ihren Bruder hinein. Nicht, dass ich ihn als Bethanys Bruder erkannt hätte, als ich ihn im gelben Lichtschein vor der Tür stehen sah. Er trug eine Anzugsweste über einem schneeweißen Hemd, das fast schon leuchtete, seine breiten Schultern warfen einen langen Schatten, die hohen Wangenknochen wurden von seinem Handy angestrahlt. *Nein,* war mein erster Gedanke, *heilige Scheiße, entweder habe ich mir die Wirklichkeit schöngetrunken, oder Photoshop produziert jetzt schon perfekte männliche Exemplare für die Realität.* Eine Sekunde später fiel Bethany diesem Exemplar um den Hals und lallte etwas davon, wie schön es sei, ihn zu sehen, und dass sie nicht geahnt hatte, dass er geschäftlich in Portland war. Dann lehnte sie sich zur Seite und kotzte knapp an seinen schwarz glänzenden Schuhen vorbei auf die Betonstufen.

Die folgenden Minuten waren die einzigen, in denen ich Sympathie für Bram empfand. Er hielt Bethany das Haar nach hinten, während sie den zweiten Schwall in ein Gebüsch spuckte. Und so gern ich es auf das Reihern geschoben hätte, dass sich mein Magen zusammenzog, war es in Wirklichkeit die Reaktion darauf, wie sich seine schmalen Lippen zu einem Lächeln verzogen und er murmelte: »Sieht aus, als hättest du dich ein bisschen zu gut amüsiert.«

Was für eine Stimme. Tief und polternd und so voller Zuneigung, dass er Bethany vermutlich nie sagen musste, dass er sie liebte. Sie hörte es aus jedem Wort.

Bethany schüttelte langsam den Kopf und hob den Zeigefinger vor sein Gesicht. »Von wegen *zu* gut.«

Grinsend hielt er ihren Finger fest, bevor sie ihm das Auge ausstechen konnte. »Gerade gut genug?«

»Fast.« Sie kicherte und grinste wie er. »Aber Aspen meinte, ich wäre betrunken, und wir sollten gehen. Bin ich betrunken?«

Er sah aus, als müsste er ein Lachen unterdrücken. »Ich glaube schon.«

»Ganz genau, ich bin betrunken! Das Bier hat eklig geschmeckt, aber die Musik war so laut, dass ich den Beat in der Brust gespürt habe. Bumm. Bumm. Und wir haben mit zwanzig heißen Typen getanzt, glaube ich.« Sie befreite ihre Hand aus seinem Griff, hob die Arme über den Kopf und schwenkte den Hintern, doch dabei stolperte sie auf den Stufen.

Wir fingen sie gleichzeitig auf. Bram erwischte ihre Handgelenke, ich fasste ihr von hinten um die Hüfte. Eine atemlose Sekunde lang stützten wir Bethany zwischen uns.

»Schalt einen Gang zurück, Beyoncé«, sagte ich. »Alles okay?«

»Mehr als okay.« Unbeholfen langte sie nach hinten, um meine Schulter zu tätscheln. »Du bist die Beste, Aspen. Ich bin so froh, dass wir zusammenwohnen.«

Anhänglich im Suff, wie schön. Man weiß nie, wie sich Leute verändern, wenn sie etwas getrunken haben.

»Darüber bin ich auch froh, Süße.«

»Ich auch.« Sie packte Bram beim Revers und zog ihn zu sich. »Hörst du ihre Stimme? Sie klingt heiser, aber das ist sie gar nicht. Ist das nicht sexy?«

Ich schnaubte. »Sexy« war besser als die üblichen Kommentare, die ich zu hören bekam. »Bist du krank?« war noch die nettere Variante. Weniger nette reichten von »Raucherstimme« bis hin zu »Hast wohl gerade einen Schwanz gelutscht«.

Und auch die Ursache für meine Reibeisenstimme war alles andere als schön. »Mom und Dad fanden meine Stimme vermutlich nicht so sexy, als ich mir als Baby wegen Dauerkoliken die Stimmbänder wundgeschrien habe.«

»Sie hat *Knötchen«*, erklärte Bethany und nickte ernst. »Wie Chloe.«

Eine Information, die ihrem Bruder vermutlich wenig sagte, es sei denn, er war Fan von *Pitch Perfect*. »Vielleicht sollten wir hochgehen«, meinte ich und sah ihm über ihren Kopf hinweg in die Augen. Sie waren dunkler als ihre, braun, nicht karamellfarben. Mit einem Blick bat ich ihn wortlos, mir zu helfen, sie auf unser Zimmer zu schaffen.

Er nickte, als hätte er genau das vor.

»Ins Bett? Aber Bram ist doch gerade erst angekommen!«

»Ich bin bis Sonntag in der Stadt«, tröstete er sie. »Wir haben morgen Zeit.«

»Gleich ganz früh«, sagte Bethany, als erwartete sie, am nächsten Morgen fit zu sein und nicht total verkatert.

Ich ging die Stufen hoch, um den Code an der Tür einzugeben, dann drehte ich mich um und sah, wie sie sich mit dem Absatz an der Kante des Gehwegs verfing und fast wieder stürzte.

Mit elegantem Schwung fing Bram sie auf, hob sie an die Brust und trug sie hinein. Nachdem wir nun auf gleicher Höhe waren, fiel mir auf, dass er fast einen Kopf größer ist als ich, vielleicht mehr. Und auch Bethany ist ein ganzes Stück größer als ich, dennoch trug er sie, als würde sie nichts wiegen.

Wow, das war sexy. Die Typen vom Rave waren nichts im Vergleich zu Bramwell Gage. Eigentlich stehe ich nicht auf schick, aber er machte eine gute Figur darin. Anscheinend hatte er vor seinem Erscheinen nur Sakko und Krawatte eines Dreiteilers abgelegt und noch nichts Bequemeres angezogen. Sein Hemd war zu, bis auf den obersten Knopf an der Halsgrube, unter dem gebräunte Haut zum Vorschein kam. Die graue Weste schmiegte sich an seinen flachen Bauch, unter den langen Ärmeln zeichnete sich die Spannung der Armmuskeln und die Kraft in den Handgelenken ab, als er Bethany trug, und der lockere Sitz seiner Anzughose betonte schmale Hüften und lange, muskulöse Schenkel.

Bethany hatte ihren Bruder ein paarmal erwähnt, seit wir ein Zimmer teilten. Jetzt bedauerte ich, dass ich mir keine Bilder hatte zeigen lassen. Viele Bilder.

Im Foyer hielt ich die Tür zum Treppenhaus auf und wartete, bis er Bethany hindurchgetragen hatte. »Dritter Stock.«

»Wo sonst«, sagte er trocken, und ich grinste, als er vorbeiging. Lieber Gott, auch sein Hintern war perfekt.

Und ich Glückspilz würde ihm drei Stockwerke nach oben folgen.

»Ich kann selber laufen«, protestierte Bethany, aber als er sie nicht absetzte, ließ sie den Kopf an seine Schulter sinken. »Du hättest mit auf den Rave kommen sollen.«

Diesmal wirkte sein Lächeln angespannt. Vielleicht war es doch nicht ganz so leicht, sie zu tragen. »Ich war nicht eingeladen.«

»Wir auch nicht. Aber nächstes Mal kannst du Aspen fragen. Sie weiß, wo man hinmuss.«

»Ach ja?«, fragte er und streifte mich mit einem Blick, bevor er sich an den Aufstieg machte.

Plötzlich beschlich mich ein ungutes Gefühl, und statt auf seinen Hintern blickte ich auf seinen Rücken, während ich ihm langsam folgte. Hatte ich seinen Blick falsch interpretiert? Sein »Ach ja« hatte nicht wütend geklungen, höchstens desinteressiert, doch als er mich angesehen hatte, waren seine Kiefer hervorgetreten, und seine Augen hatten sich verengt, als wäre er nicht nur voller Zuneigung und Wärme, sondern außerdem stinksauer.

Nicht auf Bethany. Auf mich.

Aber warum? Vielleicht irrte ich mich. Meine Mom wirft mir immer vor, dass ich zu schnell in die Defensive gehe und Kritik wittere, wo gar keine beabsichtigt ist. Manchmal hat sie vermutlich recht. Aber oft habe ich auch das Gefühl, dass sie Leute freundlicher einschätzt, als sie es verdienen.

Doch nachdem er Bethany so fürsorglich behandelte, wollte ich nicht vorschnell über Bram urteilen. Außerdem war ich mir keiner Schuld bewusst und hatte mich vermutlich getäuscht.

Wir wohnten in einem der älteren Gebäude auf dem Campus, wo die Holzstufen unter jedem Schritt knarzten. Im Treppenhaus war es wie immer kalt, doch im dritten Stock hing noch immer die Hitze vom Tag, trotz der Ventilatoren, die sich in den Fenstern an den Enden der Gänge drehten. In das ratternde Gebläse mischte sich »Demons« von *Imagine Dragons*, das aus einem der Zimmer drang. Jemand brannte Räucherstäbchen ab, aber das schwere Parfum vermengte sich nur mit dem süßlichen Duft von Marihuana, statt ihn zu verdecken. Das war vermutlich Rachel, die Bethany und mir ein paar Joints angeboten hatte, bevor wir losgegangen waren.

Himmel, dieser Geruch. Ganz wie zu Hause – zumindest an den Tagen, an denen mein Bruder da ist. Dafür war Rachel unterhaltsamer als Nash. Und natürlich klüger.

Ich führte Bram zu unserem Zimmer, das dritte von links, kam aber kaum darüber hinaus, die Tür aufzuschließen. Bethanys Füße berührten kaum den Boden, da stürzte sie schon in den Gemeinschaftswaschraum.

»He!« Ich lief ihr nach, doch dann sah ich, wie eine der Toilettentüren zuschwang und ihre Knie auf dem Linoleumboden landeten. Also machte ich kehrt und ging zurück in den Flur und zu unserem Zimmer. Dabei sagte ich zu Bram: »Ich bringe ihr eine Zahnbürste und …«

Eine große Hand klatschte vor mir an die Wand, und ein weißer Hemdsärmel versperrte mir den Weg, sodass ich schlitternd zum Stehen kam.

Bram blickte wütend auf mich herab. »Wo hast du sie hingeschleppt?«

Automatisch ballte ich meine Hände zu Fäusten, doch ich biss die Zähne zusammen und verkniff mir die Antwort, die mir auf der Zunge lag. *Vorsicht, Arschloch. Leg dich nicht mit mir an.*

Ich hielt mich zurück. Seine Schwester hing über der Kloschüssel, und er war besorgt. Leute reagieren gereizt, wenn sie sich um einen geliebten Menschen sorgen.

Ich war schließlich auch gereizt. »In die alte KittyCat-Lounge am MLK-Boulevard. Eine der Studentenverbindungen hat sie gemietet. Bethany hat zwei Gläser getrunken …« Er öffnete den Mund, aber ich kam ihm zuvor: »Und ich habe sie die ganze Zeit im Auge behalten. Ihr wurde nichts eingeflößt.«

An seiner Schläfe pulsierte eine Ader. »Du weißt, dass sie noch nicht volljährig ist?«

»Nein, sag bloß.« Meinte dieser Typ das ernst? »Ich auch nicht, aber ich wette eine Million Dollar, dass du auch minderjährig warst, als du dich das erste Mal betrunken hast. Wen interessiert das?«

»*Mich.*« Er presste die Kiefer so fest aufeinander, dass es hätte knacken müssen. Seine breite Brust hob und senkte sich in tiefen Atemzügen, als würde er um Beherrschung ringen. Damit war er nicht allein. »Diese Art von Leichtsinn kann ihr Leben zerstören.«

»Ach wirklich?« Ich konnte mir ein Lachen nicht verkneifen. »Dann lass dir was sagen: Deine Familie ist reich. *Nichts* wird zerstört, wenn sie sich auf einer Party betrinkt. Selbst wenn sie morgen die Uni abbricht, wird sie danach ein Leben führen, von dem die meisten nicht mal träumen können.«

Ich hätte jedenfalls nicht halb so viel anstellen können wie Bethany, wenn sie wollte. Die Uni war für mich der einzige Weg zu einem einzigen Ziel. Ich konnte mein Leben ganz leicht ruinieren. Sie hätte sich verdammt anstrengen müssen.

Frustriert stieß er den Atem zwischen den Zähnen aus. »Ich rede nicht davon, dass sie sich betrunken hat, ich rede von ihrer Sicherheit. Hast du nicht bemerkt, dass sie noch nie bei einem Rave war?«

»Natürlich.« Schließlich hatte Bethany es mir gesagt.

»Trotzdem hast du sie mitgeschleift.«

Mitgeschleift? Sie war begeistert gewesen. Aber ich war mir nicht sicher, ob ich sie nicht in Schwierigkeiten brachte, wenn ich das sagte.

Also nickte ich und schürzte die Lippen. »Du hast recht. Sie ist diesen wilden Leichtsinn nicht gewohnt. Also erkläre ich es zu meinem neuen Lebensziel, sie waghalsigen Situationen auszusetzen, damit sie lernt, damit umzugehen, nachdem du bei dieser Aufgabe so kläglich versagt hast. Wenn du mich jetzt also entschuldigst …«, ich duckte mich unter seinem Arm hindurch, »… kümmere ich mich um deine Schwester, statt hier tatenlos auf dem Gang zu stehen.«

Ich schlüpfte in unser Zimmer und schlug die Tür zu, halb in Erwartung, dass Bram hinterherstürzte, um weiter zu streiten. Dann hätte er etwas erleben können, denn ich neige zu Revierverhalten. Bramwell Gage schien mir der Typ zu sein, der einfach hingeht, wo es ihm passt, doch einen Schritt durch diese Tür, und ich hätte ihm den Kopf zurechtgerückt.

Mist, warum war ich gleich noch mal hier? Einen Moment lang sah ich mich verdattert um, bevor es mir wieder einfiel.

Bethany.

Unser Zimmer war ein einziges Chaos, überall lagen Pappkartons und Klamotten herum. Die Kartons, weil Bethany vor Kurzem einen Mini-Kühlschrank, eine Espressomaschine und einen Breitbildfernseher erstanden hatte, die alle am Nachmittag geliefert worden waren. Die Kleidung, weil sie ihren Schrank durchwühlt hatte, bevor sie sich für ein ähnliches Outfit wie meins entschieden hatte: ein eng anliegendes Camisole-Top und schwarze Shorts. Bei mir herrschte nur deswegen weniger Unordnung, weil ich nicht so viele Klamotten besaß.

Ich schnappte mir Bethanys Necessaire und das »Feeling like Shit?«-Notköfferchen, das Mom für mich zusammengestellt und mit Marker beschriftet hat – vermutlich, weil sie wusste, dass es mir beim Anblick der Aufschrift immer gleich besser gehen würde.

Hoffentlich hatte es auf meine Zimmergenossin die gleiche magische Wirkung.

Sie war noch immer in der Toilettenkabine. Ihr Bruder stand in der Tür zum Waschraum, die er mit dem Rücken offen hielt, und erkundigte sich mit tiefer Stimme, ob sie etwas bräuchte. Ich spürte, wie er mich ansah, als ich an ihm vorbeiging, doch ich sparte mir die Mühe, seinen Blick zu erwidern oder nachzusehen, ob er sich mittlerweile beruhigt hatte.

Keine Zeit für den Idioten.

»Hey, Fliegengewicht«, sagte ich, ging vor ihrer Kabine in die Hocke und schob ein Handtuch unter dem Spalt durch. »Leg dir das hier unter die Knie.«

Ein Stöhnen hallte in der Toilettenschüssel. »Ich glaube, ich bin fertig.«

»Okay. Ich hab dir deine Zahnbürste und ein paar andere Sachen gebracht.«

»Stell es bitte ans Waschbecken und geh, solange ich noch einen letzten Rest Würde besitze.«

»Ich bin mir ziemlich sicher, deine Würde hat sich über die Schuhe deines Bruders ergossen.«

»Oh, Mist. Ist Bram noch da draußen?«

»Ja«, antwortete er von der offenen Tür aus. »Und deine Würde hat meine Schuhe verfehlt.«

»Applaus für mich.« Der leichte Sarkasmus war offensichtlich zu viel für sie, denn sie stöhnte erneut. »Aspen, ernsthaft, ich habe Kotze auf dem Top. Lass mich allein, bis ich es gewaschen habe.«

»Ich hab dir deinen Pyjama gebracht.«

»Ich liebe dich.«

»Klar tust du das, ich bin ja auch so liebenswert. Okay, ich lass dir alles am Waschbecken. Nimm eine Ibuprofen und trink möglichst viel Wasser, sonst fühlst du dich morgen noch viel mieser.« Damit ging ich zurück auf den Gang, schob Bram aus dem Waschraum und schloss die Tür. »Sie braucht ein paar Minuten für sich.«

»Habe ich gehört.« Er sah mich durchdringend an. »Du machst das nicht zum ersten Mal.«

Wie konnte man es einem zur Last legen, sich um jemanden zu kümmern? Doch genau das tat er.

Ich riss die Augen in gespielter Bewunderung auf. »Großer Gott. Du bist ein echter Sherlock Holmes. Du siehst die Indizien und leitest den Tathergang ab. Du könntest recht haben. Vielleicht hatte ich schon mal mit Alkohol zu tun. Oder vielleicht, ganz vielleicht, kann ich lesen und habe irgendwo zwischen all den Worten eine Passage darüber gefunden, wie man einen Kater behandelt. Ich überlasse es deinem Genie herauszufinden, welche der Möglichkeiten zutrifft.«

Er presste die Kiefer zusammen. Wenn er so weitermachte, würde er bald keine Zähne mehr haben. Aber er hielt den Mund, wie ich gehofft hatte.

Die richtige Antwort lag ohnehin in der Mitte. Ich hatte schon öfter gefeiert. Ich mochte Partys. Das Leben ist kurz, man muss die Gelegenheiten nutzen.

Doch ich war nicht dumm. Ich hatte Pläne für die Zukunft und würde mich daran halten. Also musste ich auf mich aufpassen, weil es sonst niemand tat, mal abgesehen von Mom – der ich auf keinen Fall zur Last fallen wollte. Sie hatte es schon schwer genug.

Doch sein Schweigen dauerte nicht an. Bramwell Gage war noch nicht mit mir fertig.

»Du kennst Bethany noch nicht lange«, sagte er gepresst. »Dir ist vermutlich nicht klar, wie schüchtern sie ist und wie viel Mut es sie gekostet hat, zu Hause auszuziehen und …«

»Doch, das habe ich schon bemerkt.«

Er redete ungerührt weiter: »Sie ist nicht wie du.«

Tja, auch das hatte ich schon bemerkt. Dennoch stellten sich mir die Nackenhaare auf. »Ach, und wie bin ich deiner Meinung nach?«

Sein Blick wanderte auf direktem Weg zu meinen Haaren, als würden sie alles erklären. Ich hatte mein kurzes blondes Haar gerade erst pechschwarz gefärbt. Jetzt stand es ab wie die Stacheln eines Igels, deren Spitzen man in Blau getaucht hatte.

»Wow«, sagte ich trocken. »Gute Arbeit, Sherlock. Sie haben mich überführt.«

Seine braunen Augen wurden schmal, und er kam auf mich zu. Verdammt, ich hasse es, wenn Leute versuchen, mich mit ihrer Körpergröße einzuschüchtern. Ich hob das Kinn und wich nicht von der Stelle. Sollte er nur wagen, mir das vorzuhalten.

Und genau das tat er. »Du meinst, ich würde dich nach deinem Haar beurteilen? Falsch, es geht mir um dein ›Wen interessiert das?‹ und den Schwachsinn von wegen ›Bethany ist reich, was soll ihr schon passieren?‹. Du bist genau die Sorte Freundin, die sie im Moment nicht brauchen kann. Du gehst völlig in deiner kleinen Rebellion auf und bringst ihr ganzes …«

Die Toilettentür quietschte, und er verstummte. Seine Wut war wie weggeblasen, sein Gesicht komplett verändert. Bethany kam in ihrem kurzen Captain-America-Schlafanzug heraus und blieb gleich hinter der Tür wieder stehen. Ihr Blick fiel auf mich.

Dann runzelte sie die Stirn und betrachtete Bram. Trotz seiner veränderten Miene wusste sie offensichtlich sofort Bescheid. »Was ist los? Ihr zwei seht wütend aus.«

»Nein«, widersprach ich. »So schaue ich immer, wenn ich dringend pieseln muss. Entschuldigt mich.«

Als ich wieder aus dem Bad kam, war ihr Bruder verschwunden. Genau wie meine Wut. Er war ein eingebildeter Idiot gewesen, aber soweit ich es beurteilen konnte, hatte er sich Sorgen um seine Schwester gemacht – und ich hatte mich auch nicht gerade bemüht, die Situation zu entschärfen. Sobald er hochgegangen war, hatte ich zurückgeschlagen. Er hatte es verdient. Bis auf den Kommentar über den Reichtum der Familie. Das war mies von mir gewesen. Trotzdem hatte ich gesehen, wie wichtig ihm seine Schwester war, und das rechnete ich ihm hoch an.

Ich hätte also über unseren Zusammenstoß hinweggesehen – hätte Bram es auch getan.

Stattdessen kam Bethany am Tag darauf in unser Zimmer, völlig außer sich vor Wut. Sie schäumte, weil er vorgeschlagen hatte, ihr entweder eine eigene Wohnung zu besorgen oder das Wohnheim zu bitten, eine andere, passendere Zimmergenossin für sie zu finden.

»Ist das zu fassen?« Sie stapfte zum Fenster, wirbelte herum und breitete die Arme aus. »Er sagt zu mir: ›Sie kommt offensichtlich nicht damit klar, dass du Geld hast, und sie wird dich entweder übers Ohr hauen oder benutzen.‹ Also habe ich ihm erzählt, dass du mich noch nie um etwas gebeten oder dir etwas geliehen hast, aber er meinte nur: ›Eine Freundin wie sie ist im Moment einfach nicht gut für dich.‹ Also habe ich ihm gesagt, dass er ein totales Arschloch ist und ich ihm eine reinhaue, wenn er noch ein Wort darüber verliert, dass ich eine andere Zimmergenossin brauche.«

»Ein Arschloch«, stimmte ich zu, doch es war ein hohles Echo ihrer Worte. Ich wusste, dass sie mich nicht verletzen wollte, indem sie mir das erzählte. Sie dachte, es würde mich genauso wütend machen wie sie. Doch so war es nicht, sosehr ich es mir wünschte. Stattdessen war mir einfach nur schlecht, wie nach einem Schlag in den Magen. Es gelang nicht vielen, meinen Schutzpanzer zu durchdringen und mir das Gefühl zu geben, der letzte Dreck zu sein. Doch Bram hatte es geschafft.

Der schlechte Einstieg lag also wirklich ganz und gar an ihm.

Und in den folgenden vier Jahren hat sich unser Verhältnis nicht gebessert, aber wenigstens auch nicht verschlechtert. In kürzester Zeit hatte sich Bethany wieder mit ihm versöhnt und skypte regelmäßig mit ihm, aber ich wusste immer, wann, und mied unser Zimmer so lange. Wenn ich ihm nicht aus dem Weg gehen konnte, ignorierte ich ihn einfach. Meistens. Denn er konnte mich offensichtlich nicht ansehen, ohne über mich zu urteilen, und sagte unausweichlich etwas, das mich wieder auf die Palme brachte.

Aber wenn mich Bethany auf dieser Reise braucht, werde ich mir auf die Zunge beißen, bis sie blutet – und hoffen, dass es Bram genauso hält.

3

Als mein Handy das nächste Mal summt, gehe ich davon aus, dass mir Bethany schreibt. Vermutlich will sie mich informieren, dass ihr Bruder schon da ist, oder sie fragt, wann ich meinen Hintern zurück auf den Campus schwinge.

Irrtum. Es ist schon wieder meine Mutter.

Wir gehen jetzt zu einer Show. Viel Spaß, falls wir uns vor deiner Abreise nicht mehr sprechen. Pass auf dich auf, und grüß Bethany von mir.

Mach ich. Ich liebe dich.

Ich liebe dich auch.

Als hätte ich je daran gezweifelt.

Was für eine Fehleinschätzung von Bram. Vor vier Jahren hat er meine gefärbte Igelfrisur als Zeichen der Rebellion gedeutet, doch das war falsch. Meine Mom unterstützt mich in allem, es gibt also nichts, wogegen ich rebellieren müsste. Sie hat immer hinter mir gestanden, auch als ihre Karriere den Bach runterging, wir unser Haus verloren haben und Nash immer schwieriger wurde. Und selbst wenn sie mich einschränken würde, würde ich mich nicht auflehnen. All meine Bemühungen sind auch für sie, damit sie sich nicht um mich sorgen muss – zusätzlich zu all ihren anderen Sorgen.

Bram hat also keine Ahnung. Soll er mich ruhig für eine Rebellin halten. Ich erzähle ihm bestimmt nicht, dass ich mir während der letzten Chemo-Behandlung meines Vaters die Haare abrasiert habe und fast fünf Jahre brauchte, bis ich sie wieder wachsen lassen konnte, ohne mir wie eine Verräterin vorzukommen. Als bedeuteten ein paar Zentimeter Haare mehr, dass ich sein Leid vergesse und ihn hinter mir lasse.

Aber vermutlich würde Bram auch dazu etwas Herablassendes sagen. Er hat beide Eltern verloren, und laut Bethany hat er seine Schwester einfach aufgesammelt und ist kontinuierlich voranmarschiert.

Wie so ein pedantischer, neunmalkluger Roboter. Kann ich mir gut vorstellen.

Wenn er sich weiterhin von Vorurteilen leiten lässt, frage ich mich, was er aus meinem jetzigen Aussehen schließt. Mein Haar ist mittlerweile schulterlang, aber dunkel gefällt es mir einfach besser. Tönungen sind günstig, deshalb ist es kastanienbraun statt aschblond. Nach der Abschlussfeier habe ich Mom den größten Teil meiner Kleidung mit nach Hause gegeben, und jetzt trage ich das einzig halbwegs hübsche Stück, das auf diese Reise mitkommt – ein Sommerkleid mit Gänseblümchen-Print, das ich vor zwei Jahren im Schlussverkauf im Einkaufszentrum erstanden habe.

Vermutlich denkt er *billiges Flittchen mit schlecht gefärbtem Haar.*

Flittchen. Wie ich dieses Wort liebe. Ich sollte mich selbst so bezeichnen.

Ich stehe auf und halte mich an der Stange fest, als der Bus schlingernd zum Stehen kommt. Die Nummer zehn hält an der Nordseite des Campus, ich muss also ein kurzes Stück bis zur Bibliothek laufen, wo Bethany auf unsere Taschen aufpasst.

Mein letzter Gang über den Campus. Schon wieder zieht sich mir die Kehle zusammen, aber diesmal nicht so schlimm. Reed wird mir fehlen. An einem privaten College mit lauter reichen Studenten zu studieren, war nicht immer leicht. Bram ist ein Arsch, aber keiner seiner Kommentare kommt an die Sprüche ran, die ich mir hier in Reed anhören musste. Trotzdem ist es alles in allem eine schöne Zeit gewesen. Ich habe mehr nette als ätzende Leute getroffen und fühle mich zwar nicht viel klüger als vorher, aber das liegt vermutlich nur daran, dass ich jetzt weiß, was ich alles nicht weiß.

Und das Unigelände ist einfach Wahnsinn. Sanfte grüne Hügel, riesige Bäume und ein glitzernder Bach, der mitten hindurchfließt. Im Winter ist es nicht so spektakulär, wenn es grau ist und regnet. Wohl aber im Herbst, wenn sich das Laub färbt. Oder im Frühling, wenn Blütenblätter wie Schneeflocken durch die Luft schweben. Und heute spürt man schon den Sommer. Ein lauer Wind gleicht die warme Sonne aus und streift mit perfekter Temperatur über die Haut.

Die Brücke über den Bach mündet auf den Weg, der an der Nordflanke der Eliot Hall entlangführt, einem großen Backsteingebäude wie aus einem Jane-Austen-Roman. Die Bibliothek, in der Bethany wartet, liegt östlich davon, gleich hinter einer Wendeschleife – doch als ich um die Ecke komme, fällt mein Blick auf einen grauen Range Rover, der mit offener Heckklappe in der Schleife parkt. Daneben steht eine bekannte Gestalt, den Blick aufs Handy gerichtet, und mir wird klar, dass ich gar nicht so weit laufen muss.

Bram ist schon da. Juhu.

Bethany ist nicht bei ihm, er muss also frisch angekommen sein – und gibt ihr vermutlich gerade Bescheid. Er sieht nicht glücklich aus, doch das überrascht mich nicht, denn er sieht nie glücklich aus. Okay, normalerweise sieht er auch nicht so frustriert aus wie jetzt, die Stirn herabgezogen, der Mund eine Linie. Meistens läuft er auf Robotermodus, und ich kann sein Gesicht kaum deuten.

Doch jetzt steht sein kurzes braunes Haar ab, als hätte er es zerrauft. Wie immer hat er das Sakko abgelegt, und Hose und Weste sitzen wie angegossen, während ihm der rote Schlips locker und etwas schief vom Hals hängt.

Verdammt, er ist praktisch *aufgelöst*.

Und so traurig es ist, bei seinem Anblick zieht sich bei mir alles zusammen, und es kribbelt auf der Haut. Ich weiß, dass er ein Idiot ist, aber es gibt kleine, dumme Bereiche in meinem Hirn, bei denen diese Erkenntnis noch nicht angekommen ist – oder denen es einfach egal ist. Und zufällig sind es jene Hirnregionen, die mit meinen weiblichen Zonen verbunden sind.

Ich weiß auch nicht, was er an sich hat. Es ist, als wäre sein Kopf von einer Wolke aus Leuchtpfeilen umgeben, auf denen *Hier hinschauen* steht. Selbst inmitten dieses Idylls aus weitläufigen Rasenflächen und kathedralenartigen Eichen ist es sein Gesicht, das meine Blicke auf sich zieht und nicht mehr loslässt. Und vermutlich würde ich auch in einem Raum voller Leute als Erstes Bramwell Gage erblicken.

Nicht, weil er heiß ist. Er sieht fantastisch aus, klar. Aber auf dem Campus wimmelt es von gut aussehenden Typen, und keiner hat diese Wirkung auf mich. Bei ihnen kann ich den Blick abwenden.

Aber vermutlich löst er in Wirklichkeit etwas ganz anderes in meinem Gehirn aus, nämlich die Kampf-oder-Flucht-Reaktion. Mein Blick wird von ihm angezogen, weil ich mich vor ihm in Acht nehmen muss. Es ist ihm schon mal gelungen, meinen Schutzwall zu durchbrechen und mich zu demoralisieren. Wenn ich ihm also begegne, meldet mein Gehirn: *Gefahr!*

Daher ist es nur logisch, dass sich mein Puls beschleunigt, sobald ich ihn sehe. Das ist keine Schwärmerei. Es ist Wissenschaft.

Außerdem macht mich Gefahr ein bisschen an, ich gebe es zu. Aber nicht so sehr, dass ich den Kopf verliere. Denn wirklich gefährlich wäre es zu vergessen, dass mich Bram für eine schäbige Schnorrerin hält.

Doch als er aufblickt und mich auf sich zukommen sieht, reagiert er anders als gewohnt. Normalerweise verhärtet sich sein Gesicht, als würde er noch einen Gang im Robotermodus hochschalten. Diesmal dagegen glätten sich seine Sorgenfalten, und sein Gesicht hellt sich auf, als ob er sich freuen würde, mich zu sehen.

Merkwürdig. Mein Flucht-oder-Kampf-Impuls verstärkt sich.

Ich bin noch zu weit von ihm entfernt, um ihn zu begrüßen, ohne zu schreien. Eine lange Sekunde blickt er mir also einfach nur entgegen, und noch nie war mir die Intensität seiner dunklen Augen so bewusst wie jetzt, während sie an mir hinabsehen, vom Scheitel bis zu den Sandalen – doch als er meinem Blick schließlich begegnet, ist er wieder da: Robotermodus. Der erfreute Ausdruck ist verschwunden.

Seine Manieren sind dagegen tadellos. Er kommt mir entgegen und streckt die Hand nach dem Schlafsack aus, den ich vor dem Bauch trage. Seine Hände sind groß wie die eines Holzfällers, aber die Nägel sind ordentlich geschnitten, und die blendend weiße Hemdmanschette bildet einen messerscharfen Kontrast zu seinem gebräunten Handgelenk.

»Lass dir das abnehmen, ich packe es in den Kofferraum.« Seine langen Finger umfassen den Kordelzug des Beutels.

Ich murmle ein »Danke« und gebe ihm den Schlafsack. Der raue Klang seiner Stimme passt überhaupt nicht zu seinem Auftreten. Passend wäre eine steife, tonlose Stimme. Stattdessen wird jedes Wort von einem tiefen Grollen untermalt, als läge grober Kies unter seinem glatten Erscheinungsbild.

Auch das ist heiß. Ich verstehe nicht, warum er keine näselnde Fistelstimme hat. Einfach Glück, nehme ich an. Glück für ihn, Pech für mich.

Es überrascht mich nicht, dass sich sein Blick wieder verfinstert, als er mich ein zweites Mal streift und sich dann suchend hinter mich richtet. »Ist das dein ganzes Gepäck? Und ist Beth nicht bei dir?«

»Nein, ich habe noch einen Rucksack bei Beth in der Bibliothek. Ich musste mir nur noch schnell einen Schlafsack kaufen.« Dabei hätte ich mir vielleicht einen bei Bram kaufen können. Es sieht aus, als hätte er ein halbes Sportgeschäft in seinem Auto. »Kommt sie gleich raus? Ich gehe ihr entgegen und helfe ihr beim Tragen.«

»Ich weiß es nicht«, entgegnet er und findet wie ein Roboter beim Tetris-Spiel die perfekte Lücke für meinen Schlafsack zwischen dem Rest der säuberlich verstauten Ausrüstung. »Ich bin seit einer halben Stunde hier, aber sie reagiert nicht auf meine Nachrichten.«

Na, so was. Schätzungsweise ist er deswegen so frustriert. »Ich hole sie. Wahrscheinlich hat sie ihr Handy stumm gestellt. Wegen Bibliothek und so.«

Ich sage es leichtfertig und lade ihn sogar mit einem Lächeln ein, sich mit mir über Bethanys Wahl eines Wartezimmers zu amüsieren. Seine Antwort ist ein knappes Nicken.

Wow, ich freue mich jetzt schon auf die Reise.

Mit einem tiefen Seufzer mache ich mich auf den Weg. Das Bibliotheksgebäude liegt gleich hinter der Schleife, an der Bram parkt, aber bis zum Eingang muss man einen Rasenabschnitt überqueren. Brams Augen brennen mir ein Loch in den Rücken, also ignoriere ich ihn und schicke selbst eine Nachricht an Beth.

Hallo! Bin wieder auf dem Campus. Dein Bruder ist auch hier. Bist du in einem der Seminarräume? Oder eingeschlafen?

Ich habe Bram verschwiegen, dass Bethany nicht ganz in der Bibliothek ist, sondern im großen offenen Vorraum, wo es Polsterbänke mit hohen Rückenlehnen gibt, die jede Menge Platz und Privatsphäre bieten, besonders in den ruhigen Sommerstunden. Dort habe ich Bethany zurückgelassen, die mit ihrem Handy herumspielen wollte, bis ich zurückkomme. Warum sie nicht antwortet, verstehe ich auch nicht. Selbst ein Toilettengang hätte keine halbe Stunde gedauert, und wie ich Bethany kenne, hätte sie Bram sogar vom Klo aus geantwortet.

Im nächsten Moment vibriert das Handy in meiner Hand, und ein Foto von Bethany Gage erscheint auf dem Display. Es ist ein älteres Bild, aufgenommen vor zweieinhalb Jahren, als sie mir dieses Handy zu Weihnachten geschenkt hat. Ihr braunes Lockenhaar ist mittlerweile kürzer, aber die ausgeprägten Wangenknochen, das spitze Kinn und die leuchtenden karamellfarbenen Augen hat sie noch immer.

Obwohl ich das Leuchten seit ein paar Monaten nicht mehr gesehen habe. Ich hoffe, die Reise bringt es zurück.

Ich melde mich mit: »Du bist der einzige Mensch der Welt, der lieber telefoniert als schreibt.«

Ihr Lachen perlt noch immer ein wenig. »Ich will eben keine Beweise hinterlassen!«

»Dann hast du Pech, denn ich zeichne dieses Gespräch auf.« Ich drücke die Tür zum Vorraum auf und suche die Ecke ab, in der ich Bethany zurückgelassen habe. Auf der Bank liegt nur eine alte College-Zeitung. »Hey, ich steh vor der Bibliothek. Wo steckst du?«

»Äh, tja …« Sie lacht erneut, aber diesmal klingt es tonlos und gezwungen, nicht mehr leicht und perlend. »Du wirst mich hassen.«

»Werde ich nicht«, verspreche ich, doch mein Magen zieht sich zusammen. Denn bei genauerem Hinhören wird mir bewusst, dass ihre Stimme etwas distanziert klingt – wie über die Freisprechanlage im Auto. »Sitzt du im Auto?«

»Ja.«

»Musst du umparken? Ich dachte, deine Parkgenehmigung ginge über den Sommer.«

»Tut sie auch, aber …« Sie holt so tief Luft, dass ich beinahe höre, wie sich ihr Brustkorb weitet, dann sagt sie hastig: »Ich bin auf dem Weg nach Seaside, zu diesem Serenity-on-the-Sand-Center. Ich habe angerufen, und es gab einen freien Platz, also melde ich mich für das achtwöchige Programm an.«

Ach, du Scheiße. Unsanft lasse ich mich auf die Bank fallen und ringe um Worte.

Ich weiß nicht, was ich sagen soll. Serenity on the Sand ist eine Entzugsklinik für Frauen, ein Ort, an dem sie Bethany helfen können, aber ich hätte nie gedacht, dass sie dorthin geht. Nicht, nachdem sie meinen vorsichtigen Vorschlag, Hilfe in Anspruch zu nehmen, mit einem Lachen abgetan hat. Sie meinte, es würde schon wieder, es sei nur eine schwierige Phase, keine große Sache.

Und ganz bestimmt habe ich nicht erwartet, dass sie ausgerechnet *jetzt* gehen würde.

»Okay«, sage ich gedehnt – aber weil ich nicht will, dass sie ihre Entscheidung anzweifelt, füge ich mit Nachdruck hinzu: »Das wird dir guttun. Kann ich irgendwas für dich tun?«

Nachdem sie ihrem Bruder nicht geantwortet hat, ahne ich bereits, was kommt. »Kannst du es Bram sagen?«

Ich wusste es. Das Ziehen in meinem Magen verstärkt sich, trotzdem antworte ich, ohne zu zögern: »Klar.«

»Aber sag ihm nicht, warum. Oder wohin ich fahre.«

Das ... wird schon etwas schwieriger. »Was? Warum?«

»Er flippt sonst aus und ist total enttäuscht von mir und lässt mich keinen Schritt mehr allein gehen. Ich zieh das hier durch, werde vollkommen clean, und er muss nie davon erfahren.«

Glaubt sie wirklich, dass es so einfach ist? Ein paar Wochen, und die Sache ist erledigt? So funktionieren Süchte nicht.

»Ich glaube, du solltest es ihm sagen. Er flippt vielleicht kurz aus, aber er wird zu dir halten. Du *weißt*, dass er zu dir halten wird. Und er wird auch nicht enttäuscht sein.«

Bram ist ein Idiot, aber er würde alles für seine Schwester tun. Sie hat mir tausend Mal erzählt, wie er in die Rolle der Eltern geschlüpft ist, nachdem sie gestorben sind. Sie stehen sich nahe. Viel näher als mein Bruder und ich. Er kümmert sich rührend um sie. Klar übertreibt er manchmal dabei, aber er würde sich eher die Hand abhacken, bevor er ihr wehtut.

Außerdem sind ihre Erfolgsaussichten nach der Therapie vermutlich besser, wenn jemand wie Bram hinter ihr steht. Es bringt nichts, es vor ihm zu verstecken.

»Ich möchte einfach nicht, dass er davon erfährt«, sagt sie kleinlaut. »Ich schaffe es nicht, wenn er Bescheid weiß.«

Lieber Gott. Ich kneife die Augen zu und suche nach Argumenten, um sie zu überzeugen.

Mein Schweigen verunsichert sie. Ihre Stimme bekommt einen schrillen, panischen Klang. »Wenn du es nicht kannst, Aspen, drehe ich um und komme zurück und vergesse die Sache. Also sag mir, wenn du es nicht kannst.«

»Nein«, sage ich. »Dreh nicht um. Ich mach das schon.«

»Versprich mir, dass du ihm nicht sagst, warum. Versprich es mir.«

»Ich verspreche es.« Und bete, dass ich es nicht bereuen werde.

Lauren Blakelys

The-One-Reihe

rund um befreundete Liebespaare in Manhattan.

Band 1: One Dream

Verliebt in den Boss: Die Geschichte des alleinerziehenden Simon und seiner Nanny Abby.

Band 2: One Love

Ein gebrochenes Herz vergisst nicht: Die Geschichte der jungen Tierheim-Leiterin Penny und dem Starkoch Gabriel, die sich nach zehn Jahren unverhofft wieder gegenüberstehen.

Frech, prickelnd, romantisch!

Band 3: One Passion

Um die Richtige lohnt es sich zu kämpfen: Die Geschichte von Delaney und Tyler, die während des Studiums ein Paar waren. Tyler weiß, dass er damals einen großen Fehler beging, und möchte alles tun, um Delaney für sich zurückzugewinnen …

Erhältlich ab dem Frühjahr/Sommer 2019.

Band 4: One Kiss

Ein Arrangement der etwas anderen Art: Nicole will ein Baby! Zum Glück gibt's ihren Kollegen Ryder, der ein echtes Commitment-Problem hat …

Erhältlich ab dem Frühjahr/Sommer 2019.

KNAUR

Lust auf noch mehr verführerische Geschichten?

Young Romance
bei Knaur

Liv Keen

Backstage Love – Unendlich nah

Er könnte jede haben, doch er will nur sie: Rockstar Nic sehnt sich nach seiner besten Freundin aus Kindheitstagen, Mia.

Erscheinungstermin Print-Ausgabe: 02.11.2018
Erscheinungstermin eBook-Ausgabe: 01.10.2018

Sasha Wasley

Outback Dreams – So weit die Liebe reicht

Sie waren beste Freunde, die sich nie ineinander verlieben sollten – doch für einen von ihnen war es dafür schon viel zu spät. Willkommen auf der Rinderfarm Paterson Downs in Western Australia.

Erscheinungstermin Print-Ausgabe: 03.12.2018
Erscheinungstermin eBook-Ausgabe: 02.11.2018

Lauren Blakely

One Dream

Was tun, wenn man ausgerechnet in den Mann verliebt ist, der tabu ist? Noch dazu, wenn man ihn jeden Tag sieht?

Erscheinungstermin Print-Ausgabe: 01.08.2018
Erscheinungstermin eBook-Ausgabe: 01.07.2018